मस्ती के झोले

सतीश दवे

KAVYA
PUBLICATIONS

Publisher:

SDR INNOWAYS INDIA PVT. LTD.
667, Rajaward, Kulpahar, Mahoba - 210426

Imprint:
KAVYA PUBLICATIONS
Plot No.107C, Hanuman Khand, Gulabvatika, Behta Hazipur, Loni-UP (Near Dilshad Garden Delhi) NCR - 201102

Mob. : 7905266820
Website : www.kavyapublications.com
E-Mail : info@kavyapublications.com

ISBN : 978-93-6431-893-8

Year : 2025

This book is printed at MTL and published by author Ajay Agrawal, CEO of SDR Innoways India Pvt. Ltd. Kulpahar Mahoba with its imprint and centre, Kavya Publications Delhi.

मध्य प्रदेश नाट्य विद्यालय के 12वें बैच के विद्यार्थियों द्वारा बच्चों की थिएटर कक्षाओं के दौरान सतीश दवे सर के मार्गदर्शन में लिखे और प्रस्तुत किए गए नाटक

मध्यप्रदेश
नाट्य विद्यालय

भूमिका

प्रदर्शनकारी कलाओं में नाटक को कम प्राथमिकता दी जाती है । उसमें भी बच्चों के नाटकों को हमारे यहाँ अंतिम श्रेणी में रखा जाता है । लगभग 40 साल तक बच्चों के साथ काम करने पर थोड़ा अनुभव प्राप्त हुआ है कि बच्चों के संपूर्ण व्यक्तित्व विकास के लिए रंगमंच सबसे सरल माध्यम है । रंगमंच उनकी सृजन शक्ति को नये आयाम प्रदान करता है । उन्हे टीम के साथ काम करने से परस्पर सहयोग की भावना प्रबल होती है । उनमें आत्मविश्वास बड़ता है । मैने तो इसे एक थेरेपी के रूप मे भी उपयोग किया है । मानसिक रूप से कम विकसित , दिव्यांग ,तुतलाने वाले ,शर्माने वाले बच्चों में बेहतर परिणाम मिले हैं । संगीत , लय, लाइट्स , कास्ट्यूम्स के बारे में भी उनकी सोच में फर्क दिखाई देने लगता है ।

इसी कारण जब मध्यप्रदेश नाट्य विद्यालय की 12 वीं बेच के साथ बाल रंगमंच को लेकर कार्यशाला करने का अवसर मिला तो विद्यार्थियों के साथ बहुत सारी बातों को साझा किया । पहले उन्हे लगा था कि उन्हे तो बडो़ं के मंच पर काम करना है वे बच्चों के रंगमंच को क्यों समझे । पर धीरे धीरे उनका बचपन लौटने लगा था ।कार्यशाला के अंतिम दिनों में तो वे बच्चों की तरह मस्ती भी करने लगे थे

|

। तब एक भाव मन मे जागा कि क्यों न व्यावहारिक रंगमंच से जुड़े रंगकर्मी, बाल नाटकों के रचनाकर्म से भी जुड़ जाएं तो कितना अच्छा होगा । सुझाव मैने उनके सामने रख दिया कि हम सब मिल कर बच्चों के नाटक लिखें और उसकी पुस्तक प्रकाशित करवाएं । अभी वे बचपने में जी रहे थे । अचानक यह बदलाव उनके लिये एक झटके के समान था । फिर नाटक की रूपरेखा , उसकी थीम, भाषा को लेकर बहुत सारी बातें हुईं । कुछ ने रफ स्क्रिप्ट तैयार करना शुरु भी किया। बहुत सारे बदलाव करे तो उन्हे बच्चों का दृष्टिकोण समझ में आने लगा है । ये नाटक उसी कार्यशाला का परिणाम है । विद्यार्थियों का यह पहला प्रयास है इसलिये इन्हे उसी दृष्टि से देखा जाना चाहिए । इनमें असीम संभावनाएं छिपी हैं जिसका स्वागत होना चाहिए । इन नाटकों में नई पीढ़ी के नवयुवाओं की नई दृष्टि दिखाई देती है । एकाध नाटक मे मस्ती थोड़ी ज्यादा हो गई है पर उसे पहला प्रयास समझ कर सुधार की संभावनाओं की प्रतीक्षा भी करनी चाहिए । इन नाटकों में समाज के प्रति उनका नजरिया समझ में आता है । इस प्रयास में मध्यप्रदेश नाट्य विद्यालय के तात्कालिक निर्देशक टीकम जोशी का आभार मानना आवश्यक है । जिन्होने विद्यार्थियों को लगातार प्रेरणा देकर उनका उत्साहवर्धन भी किया था । उन्होंने एक नाटक लिखने का

कहा भी था पर समय की कमी के कारण संभव ना हो सका । मै मध्यप्रदेश नाट्य विद्यालय के वर्तमान निदेशक श्री संजय श्रीवास्तव का भी आभारी हूँ जो इसी दिशा में युवा रंगकर्मियों को आगे बढा़ रहे हैं ।

सतीश दवे
16 शिवालय उज्जैन

अनुक्रमणिका

लक्ष्य अरोड़ा

एक बहुमुखी और सिद्धहस्त रंगकर्मी , जिन्हें नाटक, रंगमंच और आयोजन प्रबंधन में व्यापक अनुभव है। लक्ष्य ने वर्ष 2021 में राजा मॉन सिंह तोमर संगीत एवं कला विश्वविद्यालय, ग्वालियर से परफॉर्मिंग आर्ट्स (थिएटर) में स्नातकोत्तर (प्रथम श्रेणी) की उपाधि प्राप्त

की। वे वर्ष 2022 में यूजीसी-नेट (नाटक एवं रंगमंच) परीक्षा में भी सफल हुए।

उनकी विशेषज्ञता नाट्य निर्माण, मंच सज्जा, आयोजन संयोजन, शोध कार्य, संस्कृत नाटक, शिक्षण और शैक्षणिक लेखन जैसे अनेक क्षेत्रों में है।

मंच लक्ष्य के लिए एक कैनवास है, जिस पर उन्होंने अपनी कला से पचास से अधिक नाटकों की रचना की है। उन्होंने अनेक वरिष्ठ निर्देशकों के साथ कार्य किया है। उनके प्रमुख नाटकों में — मॉहावीरचरितम्, अविमॉरक, ऊरुभंगम्, उत्तररामचरितम्, भागवदज्जुकम्, मृच्छकटिकम्, हैमलेट, जूलियस सीज़र, रोमियो एंड जूलियट, जहांगीर ने कहा था, भोले राम का जीव, निशब्द, नेपथ्य राग, नागमंडल, चक्र, एक और द्रोणाचार्य, चेरी ऑर्चर्ड, डेथ ऑफ अ सेल्समैन, थ्री पेनी ओपेरा आदि शामिल हैं।

लक्ष्य अरोड़ा ने देश के प्रतिष्ठित नामों के साथ कार्य किया है, जिनमें — लोकेन्द्र त्रिवेदी, निशा त्रिवेदी, डॉ. देवेंद्र हजंकर, डॉ. हिमॉशु द्विवेदी, मीता मिश्रा, डॉ. देवेंद्र पाठक, टीकम जोशी, राम दयाल शर्मा, ज़फ़र संजरी, सतीश दवे, सलीम आरिफ, वंदना वशिष्ठ,

संजय श्रीवास्तव, संजय उपाध्याय, जयंत देशमुख आदि शामिल हैं।

उनकी रंगमंचीय यात्रा वर्ष 2015 से प्रारंभ हुई और तब से वे निरंतर कलात्मक विकास के पथ पर अग्रसर हैं। उन्होंने देश के अनेक वरिष्ठ रंगकर्मियों एवं विद्वानों से मार्गदर्शन प्राप्त किया है, जैसे — स्वर्णा, डॉ. अंजना पुरी, राजनीश चक्यर, विनोद कडंगल, हर्ष दौण्ड, भानु भारती, डॉ. राधा वल्लभ त्रिपाठी आदि।

प्रमुख उपलब्धियाँ-

यूजीसी-नेट (नाटक एवं रंगमंच), 2022

स्नातकोत्तर (परफॉर्मिंग आर्ट्स–थिएटर), 2021

पूर्व अभिनेता, एल.टी.जी. रेपर्टरी, 2022–23

पी.जी. डिप्लोमॉ – नाट्यशास्त्र एवं विश्व रंगमंच, 2022

सीसीआरटी यंग आर्टिस्ट स्कॉलरशिप, 2019पी.जी. डिप्लोमॉ – थिएटर आर्ट्स, मध्य प्रदेश स्कूल ऑफ ड्रामॉ, भोपाल (2023–25) ईमेल: Lakshayarora1045@gmail.com

हॉकी मैंने नहीं तोड़ी ।

लक्ष्य अरोड़ा

पात्र: अर्जुन, अर्जुन की मम्मी और पापा, आदित्य (अर्जुन का दोस्त), हॉकी सर, क्लास टीचर, गगन, गगन के पापा, सिमरन, 5-6 शरारती छात्र, प्रिंसिपल सर/मैम, कोरस 2-4 छात्र

धूम धूम धूम ता (तालियाँ) धूम धूम ता (जीभ से आवाज) धूम धूम ता

सुनो सुनो भाई सुनो सुनो,

सुनो सुनो भाई सुनो सुनो

यह बात नई है यह बात नहीं है,

यह बात नई है यह बात नहीं है...

पेंसिल रबर की बात नहीं यह बात वही है

हां हां हां बात वही है.....

कोर्स : बात वही है? क्या बात वही है?

खुल के कुछ बोलो, पहेली को खोलो

बात वही है? बोलो क्या बात वही है?

(गाना)

गुल्ली गुल्ली गुल्ली गुल्ली × 4

हल्ली गुल्ली ...हां हां हल्ली गुल्ली × 2

करता था एक बच्चा स्कूल में सबको बुल्ली,

हां हां सबको बुल्ली, हल्ली गुल्ली हां हां हल्ली गुल्ली

.....

स्कूल में होती थी फिर शोर गुल्ली, हां हां शोर गुल्ली

हल्ली गुल्ली हां हां हल्ली गुल्ली × 2

गुल्ली गुल्ली गुल्ली गुल्ली × 4

हल्ली गुल्ली ...हां हां हल्ली गुल्ली × 2.....

सूत्रधार: अरे सीखने की बात हैं ये

मत होना तुम इससे टल्ली .....

सब: ....हल्ली गुल्ली ...हां हां हल्ली गुल्ली

सूत्रधार - बात तो पुरानी है, पर बच्चों और बड़ों दोनों को सीखानी है।

(पहला दृश्य - अर्जुन टीवी पर "चक दे इंडिया" देख रहा है अभिनय मंडली इस दृश्य के लिए फोन या लैपटॉप से फिल्म के संगीत का इस्तेमॉल कर सकती है अथवा और दो से पांच लोग जो की खड़े हो सकते हैं उसके आगे जिसके दृश्य बन सके यानी कि पता चल

सके कि अर्जुन बैठकर फिल्म देख रहा है और फिल्म पर "चक दे इंडिया" चल रही है)

अर्जुन : (फिल्म देखकर बहुत खुश हो रहा है और गाना गा रहा है। मॉ को पुकार कर पूछता है) मम्मी, क्या हॉकी खेल कर मैं भी बड़ा आदमी बन सकता हूं ?

मम्मी(रेनू) : (रसोईघर से बेलन हाथ में लिए बाहर आती हुई कहती है) हां , मेरे लाल ! क्यों नहीं बन सकता ! बिल्कुल बन सकता है। पर पहले तुझे सीखना होगा.

अर्जुन: मेरे स्कूल में भी होती है हॉकी की क्लास। तो मैं भी बोलूंगा सर को कि मुझे भी हॉकी सीखनी है।

मम्मी : हां हां बोल देना सर को। वैसे भी तेरे पापा चाहते थे कि तुम भाइयों में से एक को तो आर्मी में भेजेंगे और एक को स्पोर्ट्स में। (अर्जुन खुश होता है, **मॉ** टोकते हुए) अच्छा ठीक है पर अभी सो जा।

कोरस का गाना : सपनों की दुनिया में एक पेड़ के तले, मैं और मेरे ख्वाब सारे खिलखिलाते हैं, नाचते गाते धूम मचाते सब मस्ताते हैं....

(दूसरा दृश्य - स्कूल में अर्जुन का प्रवेश। 5 से 6 बच्चे हॉकी खेल रहे हैं और सर टीम को निर्देश दे रहे हैं बीच बीच में बच्चों को संबोधित भी कर रहे है। अर्जुन

उन्हें बुला कर अपने लिए आग्रह करता हुआ मूक अभिनय करता है।)

सर(आलोक) : कभी खेली भी है? या कभी देखी हो? अच्छा, मॉर्क्स कितने आते हैं तेरे एग्जाम में? बोल!

अर्जुन :(डर जाता है)सर मुझे भी खेलना है।

आलोक: नहीं तुम नहीं खेल सकते। तुम पढ़ाई में भी कमज़ोर हो। (टीम में एक बच्चे की ओर इशारा करके) वो गगन भी तो तुम्हारी ही क्लास का है। सीखो उस से कुछ।

अर्जुन : पर सर उसको भी तो खेलना नहीं आता।

आलोक : उसको पढ़ना आता है। गगन पूरे स्कूल में फर्स्ट आता है। तुम्हारी क्लास इंचार्ज ने ही उसका नाम लिखकर भेजा है।

अर्जुन: सर मैं भी पढूंगा और....

आलोक: (बात काटते हुए) तो जाओ और जाकर पढ़ाई करो।

(दृश्य तीसरा - क्लास का सीन। कोरस फिर से आता है।)

कैसी है यह दुनिया, दुनिया जैसे कोई सपना
सपनों में हम जाते हैं, सब तारे बादल से बतियाते हैं
देखो देखो नींद टूटते सारे सपने टूट जाते हैं...

(अर्जुन का प्रवेश। कुछ बच्चे क्लास में पढ़ रहे हैं, अर्जुन क्लास में आता है।)

अर्जुन : May I come in mam?

Mam : why are you too later?

अर्जुन : हॉकी वाले सर के पास गया था बात करने के लिए।

Mam : तुम किससे पूछ के गए थे। तुम पता नहीं कि इस क्लास से सिर्फ गगन ही जाएगा खेलने।

(क्लास के कुछ शरारती बच्चे आपस में धीरे से बातें करते हैं।)

पहला - यह गगन ना मैम के पास ट्यूशन लेता है।

दुसरा - हां, इसलिए तो मैम हर चीज में इसी को आगे रखती है।

(बच्चे अर्जुन को चिड़ाते हैं)

तीसरा - अब चक दे इंडिया देखी तो क्या तूभी शाहरुख खान बनेगा!

चौथा -(थोड़ा ज़ोर से) पहले खुद को तो देख मोटे।

(पूरी क्लास हंसने लगती है)

अर्जुन - अबे ओ गधे के बच्चे ....

हालदारः (अर्जुन को डांटती है)अर्जुन, what is this? Where you have learned from? इस क्लास से सिर्फ गगन ही जाएगा। क्योंकि वो पढ़ता भी है और उसके साथ ही बाकी सब पेंटिंग म्यूजिक और हॉकी कर लेता है। तुम्हारा तो पढ़ाई में ही ध्यान नहीं है।

पहला बच्चा - (छुप कर बोलते हुए)आपसे ट्यूशन भी तो लेता है....!

हालदार - कौन बोला, कौन बोला यह....?

अर्जुन : मैम मैं भी कर लूंगा सब, आप मुझे भी भेजिए न हॉकी खेलने।

हालदार : ज्यादा जबान चलाने की जरूरत नहीं है। अपनी सीट पर जाकर बैठ जाओ।

(सब बच्चे हंसने लगते हैं। अर्जुन सीट पर जाकर बैठ जाता है उसका दोस्त आदित्य उसे समझाता है।)

आदित्य : तू पागल है क्या ? जो मैम से पंगा ले रहा था, वह भी हालदार से ! तुझे पता नहीं वह गगन को ही हमेशा सपोर्ट करती है।

अर्जुन :पर क्यों यार ? सिर्फ क्लास में ही टॉप करता है। ना उसे पेंटिंग अच्छे से आती है और ना ही म्यूजिक और हॉकी तो अभी शुरु करेगा।

आदित्य : यार मेरा भी मन था पेंटिंग कांपिटीशन में जाने का। पर यह मैम है ना। इन्होंने मना कर दिया कि क्लास में सिर्फ गगन ही जाएगा।

अर्जुन- यह तो गलत बात है कि वह पढ़ाई में अच्छा है तो उसे हर चीज में आगे कर दो। बाकी जो लोग हैं वह क्या करें ? बाबा जी का ठेंगा!

आदित्य - क्या करें यार ! बहुत डर लगता है मैम से। कुछ बोल दो तो कुछ कह देगी या फिर मेरी मम्मी पापा को झूठी कंप्लेंट कर देंगी। खैर यह सब छोड़। तुझे पता है मैंने कल रात को ना एक बहुत सुंदर ड्राइंग बनाई है तुझे दिखाता हूं। **(अपने बैग से पेंटिंग बुक निकाल कर दिखाता है जिसे देखकर उसकी आंखों में एकदम चमक आ जाती है।)**

अर्जुन : वाह यार! कितनी अच्छी ड्राइंग बनाई है तूने। यह तितली कितनी सुंदर है और कितने सुंदर से तूने इसको हर रंग दिया है . यह कैसे किया है तूने.....

(मैंम की आवाज " साइलेंस "। जोर से चिल्लाती है।)

हालदार : सभी अपनी साइंस की बुक निकालो और चैप्टर आठ खोलो (इतने में चपरासी की एंट्री होती है और उसके हाथ में एक लेटर है।)

Poen : mam,may I come in ?

Mam : yes..

Poen : yeh principal sir ने दिया है आपके लिये।

Mam: (Letter पढ़ने की ऐक्टिंग करती है और बोलती हैं) ok , class listen! next month we have an intra school chess competition। तो हमा रे स्कूल से 12 बच्चों की एक टीम जाएगी और इस क्लास से गगन जाएगा। Come on clap for gagan

(सभी बच्चे ताली बजाते हैं।)

(क्लास में एक लड़की जिसका नाम सिमरन है अपनी बेंच पर खड़ी होती है और मैंम को हाथ का इशारा करके कुछ बोलती है।)

सिमरन : मैम ।, पर गगन को chess नहीं आती। इसमें तो गौरव एक्सपर्ट है। हम सब अक्सर साथ खेलते हैं और ज़्यादातर वही जीतता है। उसे बहुत अच्छे से

मैम : (बात काटते हुए) shut up simran। Now u will teach me. How to deal with the class.

सिमरन : (एकदम से रोने लगती है और बहुत देर तक ऐसे रोते-रोते अपनी बेंच पर बैठ जाती है।)

(अर्जुन और आदित्य दोनों बात करते हैं कि यार देख इसमें भी गगन ही जाएगा हद है ऐसा क्यों होता है कि हर चीज में सिर्फ यही जाएगा)

हालदार madam: (अर्जुन आदित्य को देख लेती है और अपने पास बुलाती है) you two boys. Are you talking. स्टैंड अप और दोनों हाथ ऊपर करके खड़े हो जाओ।

(अर्जुन और आदित्य बहुत घबराए हुए अपनी सीट पर हाथ ऊपर करके खड़े होते है। ब्रेक शुरु होने की आवाज (घंटी))

आदित्य : चल ना यार ।! हम खेलने चलते हैं।

अर्जुन : तू जा यार मेरा मन नहीं है।

(बैकग्राउंड में चक दे इंडिया फिल्म का म्यूजिक बज रहा है।अर्जुन अपनी बेंच से उठकर गगन की बेंच तक जाता है और हॉकी को देख कर उठा लेता है और उसे हवा में घूमने लगता है और अचानक से हॉकी टूट जाती है।अर्जुन बहुत घबरा जाता है और उसे ठीक करके रख देता है पर क्लास के कुछ वही शरारती बच्चे उसे यह सब करते हुए देख लेते हैं।गगन आता है

और टूटी हॉकी पता है। फिर क्लास में पूछता है। शरारती बच्चे एक साथ झुंड बनाकर बैठे हैं और गगन को बताते हैं कि अर्जुन से ऐसा हो गया। इतने में हालदार मैंम क्लास में आती है।)

गगन : मैम, ये अर्जुन ने मेरी हॉकी तोड़ दी।

मैम : (अर्जुन को एक थप्पड़ लगती है) चलो अभी तुम प्रिंसिपल सर के पास। तुम्हारा नाम कटवाना होगा।

Chorus : अब तो फस गया ओ अर्जुन फस गया
हां फस गया तू अर्जुन फस गया ...
क्या होगा क्या होगा तेरा, कोई कितना भी चाहे
हालदार से तुझे बचाना कुछ भी समझ न आए
अब तू बोल कृष्णा कृष्णा
क्या होगा मेरे दोस्त, बोल कृष्णा कृष्णा
क्या होगा मेरे दोस्त बोल कृष्णा कृष्णा....

(दृश्य चौथा - हालदार मैंम का अर्जुन, गगन, टूटी हॉकी के साथ प्रिंसिपल ऑफिस में प्रवेश)

Mam: May I come in sir

Principal : yes come in

Mam : good afternoon sir. Sir please see, what Arjun did with Gagan's hockey stick...

Principal : अरे, ये क्या है। ये क्यों किया तुमने अर्जुन।

Mam : ये बहुत शरारती है सर।

प्रिंसिपल : Arjun! why you did this ?

अर्जुन : सर मैंने नहीं किया है यह।

Mam : shut up! don't say a word from your mouth. **(अर्जुन का कान मरोड़ देती है और अर्जुन रोने लगता है)**

Principal : Suspend this boy. इसके घर पर फोन लगा कर बुलाइए उन्हें। **(स्पोर्ट टीचर का प्रवेश)**

Mam - ओके सर

आलोक - मैं आई एम कम इन सर।

प्रिंसिपल - yes alok sir, you may come.

आलोक - कोई जरूरी बात है तो मैं बाद में आता हूं सर। अरे तुम तो वही हो जो सुबह आए थे मेरे पास।

मैम : हॉकी तोड़ी है इस बच्चे की।

आलोक : ये क्या बात हुई। तुम्हे टीम में नहीं लिया तो तुम किसी दूसरे बच्चे की चीज तोड़ दोगे?

अर्जुन : सर मैंने नहीं तोड़ी। मैंने बस उसे **(मैडम फिर से उसे मारती है और इस बार अर्जुन बहुत तेज़ रोने लगता है। गगन अर्जुन को चुपके से देखता है।)**

कोरस गाना : अर्जुन, ओ अर्जुन प्यारे
अर्जुन, ओ अर्जुन प्यारे
जो गलती तेरी नहीं है, चुप हो जा
ये गलती तेरी नहीं है, तू चुप हो जा
अर्जुन, ओ अर्जुन प्यारे ...अर्जुन....

(दृश्य 5 अर्जुन का घर। मॉ उसको चुप कर रही है और उसके पिताजी का प्रवेश)

अर्जुन :(मॉ से) मैंने नहीं तोड़ी **मॉ**, उन्होंने फिर भी मुझे मॉरा।

(पिता को देख कर) पापा मेरी कोई गलती नहीं थी। लेकिन उन्होंने सुना भी नहीं।

पापा: तू कल जाकर उस लड़के से पूछना। जितने भी पैसे बनेंगे हम दे देंगे।

अर्जुन: पर मैंने नहीं तोड़ी।

पापा : अभी गलती किसकी है वो बात नहीं है। अगर ऐसा तुम्हारी किसी चीज के साथ होता, तब तुम भी उस लड़के से नाराज़ होते, जिसके हाथ में तुम्हारी चीज थी। और मैं कुछ दिनों बाद आऊंगा स्कूल तब बात करेंगे इसके बारे में।

(दृश्य 6 - प्रिंसिपल ऑफिस। अर्जुन और गगन के पिता प्रिंसिपल के सामने। साथ में हालदार मैम और आलोक सर, अर्जुन और गगन भी उपस्थित है। दोनों सीधे प्रिंसिपल से बात करते हैं।)

अर्जुन के पिता : सर मुझे पूछना था, कि मेरे बेटे ने आपको हॉकी टूटने के बारे में क्या बताया। उसने कैसे तोड़ी वो हॉकी?

प्रिंसिपल : वो क्या हुआ कि....

अर्जुन के पिता : वही मैं जानना चाहता हूं कि क्या हुआ। आपने सारी बात सुनी तो होगी ही। तभी आपने फैसला लिया कि मेरे बेटे अर्जुन को स्कूल से कुछ दिनों के लिए निकालना है। हैं न!?

प्रिंसिपल : वो उस समय मेरा ध्यान कही...

गगन के पिता : तो आपको नहीं पता कि कैसे टूटी। और बिना समझे ही आपने मान लिया कि गगन ठीक कह रहा है।

प्रिंसिपल : नहीं वो बात ऐसी है....

गगन के पिता - मैम, आप ही बताइए। गगन ने आपको बताया ही होगा सब। कैसे उसकी आंखों के सामने इनके (अर्जुन को संबोधित करते हुए) बेटे अर्जुन ने हॉकी उठाई

और उसे जोर से छत से छह मंजिल नीचे फेंका। मैं ठीक कह रहा हूं न?

हालदार मैम : जी, उसने बिल्कुल ऐसा ही बताया था।

गगन के पिता : गगन बेटा इधर आओ, **(गगन आता है)** क्या किया था अर्जुन ने?

गगन : मुझे तो बस बच्चों ने बताया कि अर्जुन ने हॉकी घुमाई और उसका आधा हिस्सा अलग हो गया।

हालदार : झूठे, तुमने तो मुझे कहा था....

गगन के पिता: जी बताइए... क्या कहा था इसने **(गगन को संबोधित करके)**

हालदार : वो हुआ यूं कि....

अर्जुन ने पिता : अब बात ऐसी है कि यहां जानता कोई कुछ नहीं। बस यूं हुआ और...

गगन के पिता : गलती हमारी ही है, जो हमने भी स्कूल चुनने से पहले देखा नहीं कि कैसे टीचर्स हैं।

(दोनों के बारी बारी संवाद सीधा दर्शकों से। साथ साथ पीछे की तरफ सब अभिनीत और पीछे के सब लोग एक कतार में खड़े होते जायेंगे)

* मॉ बाप पहले सही शिक्षक नहीं चुन पाते।

* जिसका सीधा प्रभाव बच्चे के मानसिक स्वास्थ्य और सामाजिक संबंधों पर पड़ता है।

* इसे छोटी बात न समझिए। इनकी छोटी नन्ही दोस्ती और दुश्मनी ही भविष्य में इनके रहन सहन को निर्धारित करेगी।

* अगर हम इसे हल्के में लेंगे तो बच्चों से अच्छे भविष्य की उम्मीद, उनके साथ धोखा करने जैसी है।

* बच्चों की बातों को अनदेखा न करे।

* उनकी पूरी बात सुने, समझे और दूसरे बच्चे या शिक्षक या किसी को भी अपनी बात रखने का मौका दे।

* अपने बच्चे से भरोसा न खोए, न ही उसे ऐसा एहसास होने दे। आपका भरोसा ही उसका एक सहारा है।

* ये छोटे छोटे मसले, इनकी असफलता का आधार न बने,

दोनों पिता एक साथ - इसीलिए माता पिता होने का असली फ़र्ज़ निभाए। बच्चों को सिर्फ़ जन्म देने वाले माता पिता कहलाने के हक़दार नहीं बन जाते। ये हक़ इस ज़िम्मेदारी को निभाने वाले का है।

कोरस - देखी सुनी जो नन्ही कहानी, देखी सुनी जो नन्ही कहानी

बड़ी है तुमको सीख सीखनी, बड़ी है तुमको सीख सीखनी

तो आओ थमें सबके हाथ, और देते हम सबको विश्वास

बच्चों की सुनेंगे बात, हां सारी सुनेंगे बात

ताकि उनको भी हो एहसास, हमको उन पर पूरा विश्वास

तो आओ करे हम बात, अब से शुरु करो सब बात

समाप्त

अर्चना सिंह

सिविल इंजीनियरिंग में बी.टेक, सिनेमा में स्नातकोत्तर और परफ़ॉर्मिंग आर्ट्स में पी.जी. डिप्लोमा करने के साथ ही कथक नृत्य में जूनियर डिप्लोमा प्राप्त किया है। पढ़ाई के अलग-अलग क्षेत्रों से जुड़ने के बावजूद नाटकों और कहानियों की दुनिया ने हमेशा आकर्षित किया है।

मध्यप्रदेश स्कूल ऑफ़ ड्रामा में पढ़ाई के दौरान इस रुचि ने एक नया रूप लिया और नाटक लेखन सच्चा जुनून बन गया।

बच्चों के लिए नाटक लिखना केवल रचना नहीं है, बल्कि बचपन की सुनहरी यादों को फिर से जीने जैसा अनुभव है। बच्चों की कल्पनाओं और मासूमियत को मंच पर उतारना अपार खुशी देता है।

मेरी यह कोशिश है कि मेरे लिखे नाटक बच्चों को न केवल आनंद दें, बल्कि उन्हें सीखने, सोचने और अपनी कल्पना की उड़ान भरने का अवसर भी प्रदान करें।

13 का पहाड़ा

नाटककार : अर्चना

अंक : एक

[रामनगर गांव में स्कूल में लगे बरगद के पेड़ के नीचे ,पांचवी कक्षा के छात्र ,किताबों के पन्नो से बने हवाई जहाज़ उड़ा उड़ा कर नाच रहे हैं। दो छात्र नाचते गाते मेज़ ला रहे हैं। दो ब्लैकबोर्ड ला रहे हैं और इकलौती छात्रा चुप चाप बैठी एक कोने में चॉक खा रही है। बाकी छात्र इधर उधर मटक रहे हैं।]

गीत : हम तो भईया झोला डाले, आए सभी मतवाले

दुनिया बोले पढ़ लिख विख लो, उसके खेल निराले

हमसे पूछो,

टुक टुक टुक टुक

हमसे पूछो....

अरे भईया हमसे पूछो....

का पूछे भईया ?

का पूछे??

हां का पूछे??

अरे यही... के

टुक टुक टुक टुक

टुक टुक टुक टुक

कैसा सिर ये फटता है, मास्टर का डंडा पड़ता है

काला अक्षर भैंस बराबर, हमको तो बस लगता है।

हां भईया हमको तो बस लगता है।

काश अगर ऐसा होता, बन जाते हम यूहीं नवाब

सूट बूट ख़ुद चलकर आता, दुनिया करती सलाम।

यू मीन लाइक दिस?

(एक विद्यार्थी मेज़ पर चढ़कर अंग्रेज की तरह टोपी उतारने का अभिनय करता है। घंटी बजती है । तभी मोटा चश्मा लगाए मोटे मास्टरजी हाथों में डंडा लिए सफ़ेद कुर्ता और धोती पहने आते हैं , मेज़ पर डंडा पीटते हैं। सभी छात्र चुप चाप अपनी अपनी पुस्तकें

लेकर बैठ जाते हैं। मास्टरजी ब्लैकबोर्ड पर चॉक से तेरह का पहाड़ा लिखना शुरू करते हैं।)

मोटे मास्टरजी :**तेरह** एकम **तेरह**

(पूरी कक्षा चुपचाप बैठी गर्मी में तड़प रही है। कोई भी छात्र जीभ तक नहीं हिलाता ।)

: अरे... मैने बोला **तेरह** एकम **तेरह**

(डंडा पटकते है,कक्षा पर कोई असर नहीं पड़ता। बल्कि सभी बच्चे आपस में मुस्कुराते हैं।)

: नालायकों।

छात्र (1) : (मन मारकर इकलौता बोलता है।**तेरह** एकम **तेरह** । (चिढ़कर) अरे भाइयों , मैं अकेला ही पहाड़ा बोल रहा हूं... तुम लोगों को क्या सांप सूंघ गया है?

छात्र (2) : (तोतला है, कक्षा का गुंडा है।) अबे थाले.. तुदे थोत है तो तू बोल न... हमे मत लपेत... वरना (कनपटी पर मारने का इशारा करता है)

छात्र (3) : (गर्मी से बेहाल होकर) आज या तो तेरह का पहाड़ा याद होगा या फिर मैं इसी बरगद के पेड़ के नीचे अपने प्राण त्याग दूंगा।

चुटिला : (जिसकी जुबान के साथ साथ , दो चोटियां भी हिलती रहती हैं ।) अरे.. अरे... मरने मराने की बात क्यों करते हो? मुझे समझ में नहीं आता कि तेरह का पहाड़ा याद कैसे नहीं हो रहा? कितना आसान तो है। देखिए... हम सिखाते हैं।

(जैसे ही चुटिला पहाड़ा सुनाना शुरू करती है , सितार बजना शुरू होता है । सभी लड़के बड़े ध्यान और प्यार से चुटिला को सुनने लगते हैं। कोई चुटिला पर फूल उड़ा रहा है तो कोई किताब से उसकी हवा कर रहा है।)

चुटिला : तेरह एकम **तेरह**... (सोनू की ओर देखकर) सोनू ... सोनू ? अरे ओ सोनू ...सुन भी रहे हो या बस हमे घूर रहे हो?

गुंडा छात्र : (सोनू का कॉलर पकड़कर) अबे थाले... अगल तूने चुटिला की तलफ़ आँथ उथा कल भी देथा... तो तेली मुलगियां ऑल बकली दोनों तो भदा दूंगा... थमदा।

(पूरी कक्षा उसे शांत कराती है।)

चुटिला : (शर्मा कर) हां तो...**तेरह** एकम **तेरह**।

सभी लड़के : (जोश में)**तेरह** एकम **तेरह**...

चुटिला :तेरह दुनी छब्बीस ...

(मोटे मास्टरजी डंडा मेज़ पर पटकते हुए, बच्चों के पीछे मारने भागते हैं। पूरी कक्षा में भगदड़, कोई पेड़ के पीछे छुप जाता है ,कोई मेज़ के नीचे, तो कोई डर के मॉरे दीवार लांघ कर घर भाग जाता है।)

मोटे मास्टर जी: वाह... क्या बात है। अब बच्चे , बच्चों को पढ़ाएंगे। मैं बेवकूफ़ हूं? मैं यहां क्यूं आया हूं? मुझ से नहीं सीखोगे .. चुटिला से सीखोगे। अब देखो , कैसे एक एक की शिकायत प्रिंसिपल सर से करता हूं। चलो सब प्रिंसिपल ऑफ़िस ।

(सभी छात्र ऑफ़िस की ओर चलते हैं, मोटे मास्टरजी सोनू को मेज़ के नीचे से कान पकड़कर निकालते हैं।)

सोनू : मास्टरजी ...(दर्द के मॉरे चिल्लाता है)

मोटे मास्टरजी : उठक बैठक लगा, लगा उठक बैठक।

सोनू: (अकड़ में) नहीं लगा पाऊंगा।

मोटे मास्टर जी : क्यूं नहीं लगा पायेगा?

सोनू: क्योंकि मेरा मन नहीं है।

मोटे मास्टरजी : अबे तेरी तो... (डंडा मारने के लिए उठाता है कि इतने में एक विद्यार्थी (छुटकन) जिसका कद और विद्यार्थियों से छोटा है ,भारी बस्ता कमर पर टांगे और

गले में पानी की बोतल लटकाए कक्षा में " पईयाँ पईयाँ चलुंगा स्कूल पहुंच जाऊंगा" गाते हुए प्रवेश करता है और सोनू बाकी विद्यार्थियों के साथ जा खड़ा होता है।)

मोटे मास्टरजी: (सोनू को छोड़कर, छुटकन को पकड़ते हुए) क्यूं रे? आंगनबाड़ी समझा है?

छुटकन : किसने? आपने?

मोटे मास्टरजी: मैने? अरे बेवकूफ़! मैंने क्यूं? तूने समझ रखा है?

छुटकन : पूछ रहे हो?

मोटे मास्टरजी: जी हाँ छुटकन महोदय जी! पूछ ही रहा हूँ। आपने इस स्कूल को आंगनबाड़ी समझ रखा है? जब मन चाहेगा आओगे, जब मन चाहेगा जाओगे। समय का कोई महत्त्व नहीं?

छुटकन : तो मतलब आपको नहीं पता?

मोटे मास्टरजी: क्या?

छुटकन: यही कि, मैंने इसे आंगनबाड़ी ही समझा है।

मोटे मास्टरजी: (डंडा उठते हुए) तो ले पंजीरी भी लेता जा। भाग यहां से। भाग।

(छुटकन अपनी ही गति में " पईयाँ पईयाँ चलुंगा घर पहुंच जाऊंगा " गाता हुआ वापस घर चला जाता है " ।)

मोटे मास्टरजी: चलो सब लोग प्रिंसिपल ऑफ़िस । बताता हूं सबको ।

(सभी विद्यार्थी एक लाइन बनाते हैं ।जिसमें चुटिला सबसे आगे है , गुंडा छात्र उसके पीछे , सोनू गुंडे छात्र के पीछे और सोनू के पीछे वो सभी छात्र जो चुटिला के पीछे लगना चाहते हैं । कोई किसी की गर्दन पर मार रहा है तो कोई किसी का जूता उतार रहा है।)

अंक : दो

(पूरी कक्षा प्रिंसिपल ऑफ़िस पहुंचती हैं। प्रिंसिपल सर जो थोड़ा ऊंचा सुनते हैं कूलर की हवा खा रहे हैं और साथ में समोसे भी। इससे पहले मोटे मास्टरजी कुछ शिकायत कर पाते , गुंडा छात्र बोल पड़ता है।)

गुंडा छात्र : अबे थाला... यहां तो मॉहौल एक दम थनदा है।

चुटिला : (उसके मुंह पे हाथ रखते हुए) चुप ... एक दम चुप। यहां कुछ मत बोलना । प्रिंसिपल ऑफ़िस है ये, मोटे मास्टरजी की कक्षा नहीं।

सोनू : (फुसफुसाकर) भाइयों... यहां तो समोसा भी मिलता है और शरबत भी।

मोटे मास्टरजी: सर , ये लोग ना ही कक्षा में ध्यान देते हैं ना ही कुछ याद करते हैं। तेरह का पहाड़ा सिखाते सिखाते गर्मियों की छुट्टियां आ गईं लेकिन ये लोग तेरह दूनी छब्बीस से आगे बढ़ते ही नहीं हैं। बदमाशियां करते हैं और ज़रा भी तमीज़ नहीं है।

प्रिंसिपल सर: (डकार मारते हुए) हां भाई... मास्टरजी बताइए क्या हुआ ?

मोटे मास्टरजी: (ऊंचे स्वर में) सर ये लोग तेरह का पहाड़ा याद नहीं कर रहे हैं और कक्षा में हरकतें करते हैं सो अलग।

प्रिंसिपल सर : (शरबत पूरा गटक कर) परेशान मत हो मास्टरजी । समोसे खाइए आप। (अंदर आवाज़ लगाते हैं) एक समोसा मास्टरजी के लिए।

मोटे मास्टरजी: सर समोसा तो खाते रहेंगे लेकिन इन बच्चों का क्या करें?

(इसी बातचीत में एक छात्र मेज़ के नीचे घुसकर प्रिंसिपल सर की प्लेट से समोसा उठा लेता है और खाने लगता है।)

चुटिला : ऐ ... पकड़े गए तो स्कूल से निकाल दिए जाओगे।

छात्र : अरे वैसे भी छुट्टियां पड़ने वाली हैं।

गुंडा छात्र: अबे थाले.... मुधे भी दे।

छात्र : लेकिन उठाया मैने था।

(दोनों के बीच छीना झपटी शुरू हो जाती है और शोर मच जाता है। पूरी कक्षा दोनों को संभालते संभालते ऑफिस से बाहर ले आती है। मोटे मास्टरजी **समोसा छोड़ कर बाहर भागते हैं । प्रिंसिपल सर कूलर की हवा और समोसा खाते रह जाते हैं ।)**

गुंडा छात्र : (छात्र 1 के बाल नोचते हुए) तू अतेला थमोता खाए और मै हिस्सा भी न मॉगू....

छात्र (1) : (उसका कॉलर पकड़े हुए) उठाया मैने था ... और हिस्सा तुझे दूं ...

चुटिला : भगवान के लिए तुम दोनों लड़ना बंद करो वरना हम गर्मी की छुट्टियों के बाद स्कूल वापस नहीं आयेंगे।

पूरी कक्षा: क्या......

(गुंडा छात्र , छात्र (1) के बाल छोड़ता है और छात्र (1) , गुंडा छात्र का कॉलर छोड़ता है। दोनों गले मिलते हैं और पूरी कक्षा चैन की सांस लेती है और आराम से पढ़ने बैठ जाती है तभी मोटे मास्टरजी का प्रवेश।)

मोटे मास्टरजी: (बेहद गुस्से में ब्लैकबोर्ड पर पहाड़ा लिखते हुए)**तेरह** एकम **तेरह**

पूरी कक्षा : (मरे हुए मन से) तेरह एकम **तेरह**

मोटे मास्टरजी :**तेरह** दूनी छब्बीस

पूरी कक्षा : (और बुझे मन से)**तेरह** दूनी छब्बीस

मोटे मास्टरजी: **तेरह** तिया

(पूरी कक्षा चुप बैठी है।)

मोटे मास्टरजी: अरे **तेरह** तिया

छात्र (1) : मोटे मास्टरजी

मोटे मास्टरजी: क्या कहा?

छात्र (1) : नहीं मै कह रहा था मोतीलाल मास्टरजी ......**तेरह** का पहाड़ा बड़ा कठिन है। ससुरा याद ही नहीं होता।

छात्र (2) : हां मास्टरजी ... हमको तो **तेरह** दुनी होते ही दिन में तारे दिखने लगते हैं।

छात्र (3) : मास्टरजी ... ऐसा क्यों होता है कि पहाड़े बारह तक तो सरल लगते हैं पर **तेरह** का जैसे ही शुरू होता है तो रोना आ जाता है?

गुंडा छात्र : अले... मेली तो थमद में ये नहीं आता के ये थाला तेलह का पहाला याद ही त्यों तरना है? नहीं होदा

त्या? ऐ मॉत्थल... अपने तो ये मगजमाली नई तलनी ... एत तो अपने तो गलमी लगती ईधल । थांत तत तो आती नई ऑल पहाला याद तलें... वो भी थाला तेलाह ता ..... हट।

चुटिला : (नकली गुस्सा करते हुए) मास्टरजी से ऐसे बात मत करो। अगर उनसे नहीं सीख पा रहे हो तो मैं सिखा देती हूं।**तेरह** एकम **तेरह**...

सभी लड़के : (जोश में दोहराते हैं)**तेरह** एकम **तेरह**।

चुटिला: तेरह दुनी छब्बीस...

सभी लड़के : (दुगने जोश में)**तेरह** दुनी छब्बीस।

चुटिला**:** **तेरह** तिया उन्तालीस।

गुंडा छात्र : ए थोना... इत्ते आदे अपने तो नई याद होने वाला...

छात्र (1) : ए सुनो न... अगर हम खेल खेल कर पहाड़ा याद करें तो?

छात्र (2) : वो कैसे?

छात्र (3) : (पेड़ की डाली पर लटककर) ऐसे...... (जोर से चिल्लाता है....)**तेरह** एकम **तेरह....**

छात्र(2) : अबे (दूसरी डाली पर लटककर चिल्लाता है) तेरह एकम तेरह....

छात्र (3) : मैं भी... मैं भी..... (लटककर) **तेरह** दुनी छब्बीस।

गुंडा छात्र : अबे थालों ... लुको, मैं भी आया... तेलाह दुनी थब्बीस ... तेलाह तिया ...

(घंटी बजती है। कक्षा समॉप्त होती है। सभी छात्र पेड़ पर लटकते जाते हैं।तेरह एकम तेरह,तेरह दुनी छब्बीस, तेरह तिया कहकर हंसने लगते हैं। मोटे मास्टरजी मेज़ पर डंडा पीटते रह जाते हैं । अंत में सभी छात्र कूद कूद कर, झोला उठाकर , पहाड़ा दोहराते हुए घर भाग जाते हैं।)

समॉप्त

रोशन अवधिया

रोशन अवधिया, 22 मार्च, 2000 को मध्य प्रदेश के सीधी जिले में जन्म। माता- श्रीमती सुधा अवधिया, पिता श्री रामजी अवधिया।

रंगयात्रा-वर्ष 2016 में 16 वर्ष की आयु में ही रंगमंच से जुड़ाव हुआ। तब से लेकर अब तक यह यात्रा अनवरत जारी है। सीधी में रंगदूत नाट्य समिति में, गुरु प्रसन्न सोनी के साथ अभिनय की शुरुआत करते हुए, दिल्ली रंगमंच की ओर प्रस्थान किया, जहाँ एक वर्ष श्री राम सेन्टर रंगमण्डल में बतौर कलाकार के

रूप में कार्य किया। मध्यप्रदेश नाट्य विद्यालय, भोपाल से दो वर्षीय पी.जी. डिप्लोमा इन एक्टिंग किया। वर्तममान में मध्यप्रदेश नाट्य विद्यालय, भोपाल में रंग प्रयोगशाला के द्वितीय वर्ष के छात्र है। नाटक- लहू (अप्रकाशित), 'भगवान मेरे पति को माँ बना दो (अप्रकाशित), **revenge of** एकलव्य (अप्रकाशित), ए वतन मेरे वतन (अप्रकाशित) जैसे एकांकी नाटकों की रचना की।

नाटक - लाल चड्डी

रोशन अवधिया

दृश्य - 1

(मंच पर रंग बिरंगा प्रकाश उभरता है। एक मध्यम वर्गीय परिवार का कमरा दिखाई देता है। जहां एक बड़ी टीवी, सोफा सेट, कुछ कुर्सियां, और बच्चों के खिलौने से भरा पूरा कमरा है। तरह - तरह के खिलौने, गुड्डे, बंदर, कुत्ते, आदि बहुत सारे अच्छे अच्छे खिलौने पड़े हैं। गुड्डी नाचती हुई दिखाई देती है। गुड्डी बच्चों के एक गाने में अपने प्यारे गुड्डे के साथ नाच रही है, तभी दादी आ जाती है। मंच पर एक अलग प्रकाश, समय रात्रि का)

(गाना)

सबकी खुशियों की शान मैं

नन्ही नन्ही जान मैं

सूरज मैं

चंदा मैं

पापा की प्यारी मैं

दादी की दुलारी मैं

सबके खुशियों की शान मैं

नन्ही नन्ही जान मैं

अंधेरे में उजाला खोजती

ख्याबों में कुछ ऐसा सोचती

गुड्डा मेरा, गुड्डी मेरी

सबकी प्यारी जान मैं

सबकी खुशियों की शान मैं

नन्ही नन्ही जान मैं

दादी - गुड्डी बंद कर ये नाच गाना और जल्दी चल सो जा, सुबह हॉस्पिटल भी जाना है तुझे।

गुड्डी - दादी....थोड़ी देर खेलने दो न, सैंडी (खिलौना वाले गुड्डे का नाम) को अभी और नाचना है।

दादी - गुड्डी, तेरा प्यारा सैंडी बहुत थका हुआ दिख रहा है, तू इसको भी सोने दे। नहीं तो उसकी मम्मी उसकी खूब पिटाई करेगी।

गुड्डी - (ज़िद करते हुए) नहीं दादी, थोड़ा सा और खेल लूं।

दादी - नहीं गुड्डी, चल सोने चले, बहुत देर हो रही है अब।

गुड्डी - दादी....

दादी - नहीं गुड्डी, ज़िद नहीं करते बेटा, चलो सोने।

गुड्डी - पर दादी कहानी सुन कर ही सोऊँगी..

दादी - ठीक है, चल तू.....

(गुड्डी सैंडी को ले कर अपने और खिलौना वहीं छोड़ कर दादी का हाथ पकड़, नाचते हुए चल देती है)

(संगीत के साथ प्रकाश जाता है)

<u>दृश्य - 2</u>

(मंच के मध्य में प्रकाश आता है। जहां एक बेड लगा हुआ है। उसमें दादी और गुड्डी लेटे हुए है। दादी गुड्डी को कहानी सुना रही है, गुड्डी दादी की कहानी बहुत मज़े से सुनती है)

दादी - तो उन्होंने सूरज को फल समझ कर, सूरज को खा लिया।

गुड्डी - (अचानक रोक के) दादी ये वाली कहानी नहीं, वो सुपर हीरो वाली......

दादी - तुझे बड़ी पसंद है वो कहानी..?

गुड्डी - हां दादी, वो मुझे बहुत पसन्द है। सुपर हीरो बहुत अच्छा है, बिल्कुल पापा की तरह, पर दादी आप हमेशा कहानी में बताती हो कि सुपर हीरो लाल चड्डी पहन कर सबकी हेल्प करता है। पर दादी ये सुपर हीरो लाल चड्डी ही पहन के क्यों आता है?

दादी - **(हंसते हुए)** क्योंकि उसकी वही पसन्द है। क्या पता उसके पास बस एक ही हो..! **(फिर दादी बहुत ज़ोर-ज़ोर से हंसती हैं।)**

गुड्डी - तो लाल रंग बहुत अच्छा होता होगा न दादी..?

दादी - हां बहुत प्यारा..

गुड्डी - दादी लाल रंग कैसा होता है...

दादी - (प्यार से माथे में हाथ फेर कर) तू अब चिंता न कर, कल तेरा ऑपरेशन हो जाएगा न तो तुझे खुद पता चल जायेगा कि लाल रंग कैसा होता है।

गुड्डी - (बहुत खुश हो कर) ऑपरेशन के बाद, मुझे सब दिखने लगेगा दादी..?

दादी - (माथा चूम के) हां बेटा सब कुछ (गला भर आता है) चल अब सो जा।

गुड्डी - (उत्सुकता से) दादी सैंडी भी दिखेगा न मुझे?

दादी - हां बेटा।

गुड्डी - तुम दादी?

दादी - हां मैं भी।

गुड्डी - पापा?

दादी - हां।

गुड्डी - और मेरा सुपर हीरो..?

दादी - हां वो भी..।

गुड्डी - तो दादी, मैं न सबसे पहले तुम्हें, पापा को और सैंडी को और उसके बाद अपने सुपर हीरो को देखना चाहती हूं।

दादी - हां बेटा देख लेना, पर अभी सो जा, तब तो कल सबको देखेगी।

गुड्डी - (खुश हो कर, ताली बजा बजाकर) हुर्रे...!!! मेरा सुपर हीरो आयेगा, लाल चड्डी पहन के आयेगा, सैंडी भी मेरे साथ होगा, मैं और सैंडी, सुपर हीरो के साथ मस्त घूमने जाएंगे। मैं कल सब कुछ देखूंगी, हुर्रे...!! वाह.. वाह... , हुर्रे.....!!

दादी - हां आयेगा तेरा सुपर हीरो.......।

गुड्डी - मेरा सुपर हीरो और मेरा सैंडी, कितना मज़ा आएगा।

(धीरे - धीरे संगीत आता है और मंच पर फेडआउट)

दृश्य - 3

(मंच पर प्रकाश, हॉस्पिटल का दृश्य। जहां गुड्डी का ऑपरेशन होना है। दादी उसके पास बैठी है। गुड्डी थोड़ा डर रही है।)

गुड्डी - दादी, मुझे अकेले मत छोड़ना, बहुत डर लग रहा है।

दादी - हां बेटा मैं तेरे साथ ही बैठी हूं।

गुड्डी - दादी मुझे डर लगता है, मत करवाओ न मेरे ऑपरेशन!

दादी - ऑपरेशन नहीं होगा बेटा, तो कैसे देख पाएगी अपने सैंडी और अपने सुपर हीरो को।

गुड्डी - सुपर हीरो, वो आ गया है क्या?

दादी - (प्यार से) हां अभी वो आया था, बोला कि गुड्डी का ऑपरेशन हो जाए फिर वो आ रहा है।

गुड्डी - वो चला क्यों गया..?

दादी - अरे उसने अपने सुपर हीरो वाले कपड़े नहीं पहने थे न तो मैंने बोला कि अपनी ड्रेस में आओ, गुड्डी को ड्रेस में रेडी सुपर हीरो के साथ जाना है घूमने..!

गुड्डी - सच्ची दादी..?

दादी - हां।

गुड्डी - ओए होये...!!, हुर्रे, मज़ा आएगा अब....

(डॉक्टर आते हैं। गुड्डी को लेकर कर जाते हैं, दादी प्यार से रोई हुई आंखों से देखती है। फेडआउट)

दृश्य - 4

(गुड्डी बेड में बैठी है, डॉक्टर उसकी आंख की पट्टी खोलते हैं। गुड्डी की पट्टी खुलती है। और गुड्डी सामने देखती है, दादी उसको गले लगा के रोने लगती है, दादी की पहचान वो आवाज से करती है)

दादी - मेरी गुड्डी..

गुड्डी - दादी **(इतना कह कर गाले लगा लेती है)**

दादी - हां बेटा... (रोने लगती है, उसके माथे को चूमती है)

गुड्डी - **(इधर-उधर देखकर)** सैंडी..?

दादी - ये है तेरा सैंडी (दादी उसको सैंडी देती है)

(गुड्डी सैंडी को अपने पास ला कर उसको गले लगा के चूमने लगती है)

गुड्डी - पापा..? और मेरा सुपर हीरो..?

(दादी दरवाजे की तरफ इशारा करती है, एक सुपर हीरो का कपड़े पहने एक आदमी खड़ा है। गुड्डी भागते हुए उसके पास जाती है और गले लगा लेती है)

गुड्डी - मेरा प्यारा सुपर हीरो, तुम हो मेरे प्यारे सुपर हीरो..?

सुपर हीरो - हां, गुड्डी (इतना बोल कर रोने लगता है)

(गुड्डी ये आवाज़ पहचाने की कोशिश करती है)

गुड्डी - सुपर हीरो हम घूमने चले, मैं तुम और सैंडी।

सुपर हीरो - (रोती हुई आवाज में) हां चलो गुड्डी..।

गुड्डी - जाऊं दादी..?

दादी - हां जा गुड्डी अपने सुपर हीरो के साथ।

गुड्डी - बाय बाय दादी..। चलो सैंडी घूमने चले..। चले सुपर हीरो...?

सुपर हीरो - हां चलो..।

(सुपर हीरो दादी को देखता है, दादी और सुपर हीरो के आंखों में आंसू, गुड्डी बहुत खुश। सुपर हीरो का हाथ पकड़ के बाहर जाती है। फेडआउट)

दृश्य - 5

(मंच के मध्य में प्रकाश, सुपर हीरो और गुड्डी एक ऐसी कुर्सी में बैठे हैं, जिससे लगे कि वो बाइक में बैठे हो। सैंडी गुड्डी के गोद में है। पार्श्व में रोड ट्रैफिक का साउंड (जो बच्चों द्वारा स्वयं निकाला जा रहा है), लोगों के हंसने की आवाज़।)

(गाना)

लो चल पड़ी है सवारी

सुपर हीरो की गाड़ी

सैंडी और गुड्डी की यारी

देखे ये दुनिया सारी

सुपर हीरो की गाड़ी

मस्ती की है ये सवारी

सुपर हीरो - मज़ा आ रहा है न गुड्डी ?

गुड्डी - हां सुपर हीरो..? (कुछ देर रुक के) पापा लव यू..!

(इतना कह कर गुड्डी प्यार से सुपर हीरो को गले लगा लेती हैं)

सुपर हीरो - (रोते हुए, खुश हो कर) मेरी प्यारी गुड्डी.. पहचान लिया अपने पापा को...?

गुड्डी - अपने सुपर हीरो पापा को कैसे नहीं पहचानूंगी..।

(गाना)

सबके खुशियों की शान हूं

नन्ही नन्ही जान हूं

पापा की प्यारी हूं

दादी की दुलारी हूं

नन्ही नन्ही जान हूं

सबके खुशियों की शान हूं।

(दोनों एक दूसरे को गले लगता है, एक मधुर संगीत, फेडआउट)

समाप्त

ध्रुवी गांगिल

ध्रुवी गांगिल, 21 अगस्त 1999 को मध्य प्रदेश के भिंड जिले के गोहद कस्बे में जन्म हुआ। माता - श्रीमती ममता गांगिल, पिता श्री मुकेश गांगिल।

बचपन से ही कक्षा में उन्नत रहने वाली ध्रुवी ने अपने ग्रेजुएशन के सालों में दिल्ली विश्वविद्यालय में नुक्कड़ नाटक समिति से जुड़ी और उनका रुझान रंगमंच की तरफ भी बढ़ने लगा। और कोविड की लपटों के बीच, 2020 में, अपने आपको एक उम्मीद देने के लिए उन्होंने दिल्ली के एक रंगमंच में सक्रिय समूह को ऑनलाइन ही ज्वाइन कर लिया।

इस तरह दिल्ली के मयूर विहार में स्थित समर्थ थिएटर ग्रुप से वो जुड़ गई और संदीप रावत सर से साथ उनकी रंगयात्रा का आरंभ हुआ। 2020 की अक्टूबर से 2023 की जून तक वे एक ही समूह से साथ 15 से ज्यादा नाटकों का हिस्सा बनी। अभिनय, के साथ उन्होंने मंच के काम भी बख़ूबी किए। 5 से अधिक नाटकों में संदीप रावत सर के साथ उनके नाटकों लेखनी का हिस्सा बनी। नाटक में प्रकाश, संगीत, रूप सज्जा, प्रॉपर्टी जैसे कई मंच परे कार्य में भी पूर्ण सहभागिता रही। **वर्ष 2023 में मध्य प्रदेश नाट्य विद्यालय, भोपाल के 12वें सत्र में चयन होने के बाद दो वर्षीय पी. जी. डिप्लो**मा **इन एक्टिंग किया।**

शरारती बच्चों की कहानी

ध्रुवी गांगिल

दृश्य 1

(परी, गच्चा, मोना, गिट्टू, टीनू सब मिल कर लंगड़ी खेल रहे हैं। सभी गाना गा रहे हैं)

आओ आओ... लंगड़ी खेले...
आओ आओ सारे बच्चे आ जाओ।
सब मिल कर हम लंगड़ी खेले।
एक पैर ऊपर करके, चौकोर खानों में हम जाते हैं
उचकते उचकते, हम ये सारी पारी खेलें।
आओ आओ लंगड़ी खेले...
आओ आओ सारे बच्चे आ जाओ।

(एक दम से गच्चा का पैर फिसलता है और वो गिर जाता है। सारे बच्चे उस पर हंस रहे हैं। ये देख कर परी को गुस्सा आता है और वो सब पर चिल्लाने लगती है।)

परी : ऐसे किसी पर हंसना अच्छी बात नहीं हैं। अगर तुम गिरते तो...? उसे उठाने की बजाय तुम उसका मज़ाक उड़ा रहे हो।

(परी उसे उठाने जाती है)

गिट्टू : परी तू ज्यादा मम्मी मत बना कर। (और उससे मुंह बनाता है) मुझे खेलना ही नहीं है इन दोनों के साथ। तुम हमेशा चीटिंग करते हो।

गच्चा : गिट्टू तू ज्यादा मत बोल समझा....! चल दीदी हम घर चलते हैं हमें नहीं खेलना इन लोगों के साथ। और शाम को हम मेला चलेंगे, इनको लेकर नहीं जाएंगे।

गिट्टू : तू रहने दे गच्चा, हम तीनों वैसे भी जाने वाले थे तू देखना।

परी : (गच्चा को समझाती हुई) नहीं गच्चा ऐसे बुरा थोड़ी ना मानते हैं। हम सब तो दोस्त हैं न..

गच्चा : मैं जा रहा और तू चल बस।

(गच्चा परी को खींच कर ले जाता है)

दृश्य 2

मोना : ये इसका हर बार का है, खेल बिगाड़ कर चला जाता है।

गिट्टू : मेरे पास एक आइडिया है.... इधर आओ। (गिट्टू सबके कान में कुछ कहता है) अब सबक मिलेगा इन दोनों को।

टीनू : हां हां सही तरीका है.... चलो सब।

(सब जाते है और मोना गिट्टू वहां है और टीनू परी और गच्चा के साथ आता है)

टीनू : चल न परी.... देख अपना पिचकू नाले में गिर गया है कुछ कर ,परी कुछ कर।

(गच्चा उछलता हुआ नाले की ओर जाता है और गिट्टू उसे धक्का दे देता है।)

(ये देख परी कुछ सकपका जाती है वो जा कर अपने पापा को बुलाती है जो एक सरपंच हैं। सरपंच अपने 2 साथी - गणेश और रामलला के साथ प्रवेश करता है।)

सरपंच : क्या हुआ परी?

परी : बाबा इस गिट्टू ने गच्चा को नाली में धक्का दे दिया।

गिट्टू : (मासूम सी शकल बन कर) नहीं काका गच्चा तो मेरा अच्छा दोस्त है।

परी : बाबा हम झूठ नहीं बोल रहे आप बाकियों से पूछ लो

सरपंच : अभी इस सब बात का समय नहीं है। रामलला पहले गच्चा को निकलो... (रामलला और गणेश गच्चा का हाथ खींच कर उसे निकलते हैं। गच्चा में से बदबू आ रही है सारे बच्चे अपनी नाक बंद करके उस पर धीरे धीरे हंसते हैं)

सरपंच : हां अब बताओ क्या हुआ था?

गिट्टू : काका हमने कुछ नहीं किया विद्या रानी की कसम।

परी : झूठ मत बोल गिट्टू। विद्या माता गुस्सा हो जाएंगी।

गिट्टू : मैं झूठ नहीं बोलता पूछ लो बाकी सब से।

मोना और टीनू : हां काका हमने धक्का नहीं दिया।

(परी कुछ कहने को होती है, इतने में सरपंच दोनों बच्चों को डांटता है)

सरपंच : बस करो तुम दोनों, नाक में दम कर रखा है। ये क्या तरीका है झूठ बोलने का। चलो चुप चाप घर।

(सरपंच दोनों को काम से खींच कर ले जाते हैं। सारे बच्चे हंस रहे हैं)

दृश्य 3

(सरपंच घर पर बैठे हैं, गणेश और रामलला साथ हैं)

गणेश : बहुत समस्या है दद्दा कुछ करना पड़ेगा ।

रामलाला : हां दद्दा, कल भी सुना कि मेले में से किसी ने 2 बच्चे उठा लिए ।

सरपंच : अच्छा तो अब तक मेले से कुल 4 बच्चे गायब हैं ।

गणेश : हां दद्दा ये गैंग बहुत भयानक लगता है हमें सतर्क होना पड़ेगा नहीं तो ये मेले के व्यापार को नुकसान पहुंचा सकता है।

सरपंच : हां इस गिरोह का पता लगाते हैं।

(गिरिधर गिट्टू के साथ आता है)

गिरिधर : सरपंच साहब सरपंच साहब...!!

सरपंच : क्या हुआ गिरिधर ?

गिरिधर : दद्दा हम अब क्या बताएं? ये गच्चा और परी ने आज हमारे गिट्टू को धक्का दे दिया नदी में। उस बिचारे को तो तैरना भी नहीं आता।

सरपंच : (गुस्से से) परी....!! गच्चा ....! इधर आओ

परी और गच्चा : आए बाबूजी।

(दोनों आते हैं)

परी : क्या हुआ बाबूजी?

सरपंच : ये काका क्या कह रहे हैं? कि तुमने गिट्टू को नदी में धक्का दे दिया?

गच्चा : वो झूठा है बाबा... उसका पैर फिसल गया था हम तो मना कर रहे थे। और हम तो उसे बचाने को उसका हाथ पकड़े थे पर इसका पैर फिसल और वो गिर गया।

गिट्टू : नहीं काका ये उस दिन का बदला ले रहा है क्योंकि मैंने उसे नाले में धक्का दिया था।

सरपंच : क्या कहा .. तुमने धक्का दिया था?

(गिट्टू चुप हो जाता है)

परी : हां बाबा इसने तब भी झूठ बोला और आज भी झूठ बोल रहा है। ये हमॉरे पीछे नदी में कूदने जा रहा था, तो मैंने और गच्चा ने इसका हाथ पकड़ लिया पर इसका पैर फिसल गया और ये गिर गया। फिर मैंने इसे बाहर निकाला। ये नहीं बताएगा गिट्टू?

(गिट्टू फिर कुछ नहीं कहता। गिरिधर और सरपंच का आंखों में इशारा होता है और गिरिधर गिट्टू को ले कर चला जाता है)

परी : बाबा हमने सच में कुछ नहीं किया। हमारा भरोसा करें।

सरपंच : हमे भरोसा है अपने बच्चों पर। अच्छा एक बात बताओ (कहते हुए गच्चा और परी को अपनी गोद में

बैठाता है) ये बताओ तुम लोग कह रहे थे न पास के गांव में मेला देखने जाना है आज आखिरी दिन है चलोगे?

(दोनों बच्चे खुशी से उछल पड़ते हैं)

दोनों साथ में : हां बाबा हम चलेंगे.... चलो......!!!!

(सरपंच दोनों बच्चों के साथ निकल जाता है)

दृश्य 4

(मेले का दृश्य, कुछ मिठाई की दुकानें, खेल की दुकानें, और एक सर्कस भी लगा है)

(मेले में गिट्टू, मोना और टीनू भी दिखाई देते हैं)

सरपंच : अरे बच्चों यहां अकेले क्या कर रहें हो बाबा नहीं आए है?

गिट्टू : काका वो...

टीनू : काका वो बस आगे ही हैं दुकान से कुछ ले रहे हैं हम उनके पास ही जा रहे थे।

सरपंच : अच्छा फिर ठीक है उनके साथ ही रहना यहां एक बच्चा चोर गिरोह घूम रहा है।

मोना : बच्चा चोर गिरोह....? वो क्या होता है काका ?

सरपंच : वो लोग अकेले या भटके बच्चों को उठा कर ले जाते हैं फिर उनसे भीख मंगवाते हैं।

(टीनू और मोना डर जाते हैं)

टीनू : (गिट्टू से) मना किया था न तुझे अकेले नहीं जाते हैं क्यों लाया हमें।

सरपंच : क्या कहा तुम अकेले आए हो?

गिट्टू : नहीं काका.... वो बस हम जा ही रहे थे

(गिट्टू दोनों का हाथ पकड़ कर भाग जाते हैं)

सरपंच : सीधे घर जाना सब ।

गच्चा : बाबा ! हम घेवर खाएं?

परी : हां बाबा ! घेवर खाना है।

सरपंच : (बात टालते हुए) घेवर ? बेटा, ऐसा करो ये टॉफी खा लो....

(बगल की दुकान से टॉफी खरीद कर देता है। दोनों बच्चों का मन छोटा हो जाता है, इतने में गणेश और रामलाला भागते हुए हैं, दोनों हाँफ रहे हैं)

गणेश : दद्दा....!!! ओ दद्दा...! वो हमारे गिट्टू और टीनू भी नहीं मिल रहे सुबह से गिरिधर उनको ढूंढ रहा है।

रामलला : हां दद्दा और सुना है मोना भी उनके साथ थी। दद्दा अब तो कुछ करना ही होगा।

सरपंच : अभी तो मैंने तीनों को यहां से जाते देखा था, कह रहे थे कि घर जा रहे हैं सीधे।

गणेश : दद्दा हमे लग रहा है उठा लिया उनको उस चोर ने।

(परी और गच्चा ये सुन कर सहम जाते हैं और चुपके से बाबा से हाथ छुड़ा कर भाग जाते हैं)

सरपंच : चलो अभी चलो ढूंढते हैं उन्हें

(सरपंच को एहसास होता है परी और गच्चा गायब हैं)

सरपंच : अब ये दोनों कहा गए?

रामलाला : अभी तो यही थे दद्दा.... अब इन्हें भी ढूंढना होगा।

(तीनों निकल जाते है। दो चोर मुंह बांधे एक लम्बी रस्सी से 6 - 7 बच्चों को बांध कर लाता है)

दुक्का : इक्का इस बार साल भर की कमाई हो जाएगी। हम इन बच्चों को अच्छे दाम पर बेचेंगे।

इक्का : (रोने लगता है) पर ये तो गलत है न दुक्का।

दुक्का : ए ये नाटक फिर से शुरू मत कर अपने रोने का। अब चल जल्दी से सेठ को फोन लगा। और दाम पूछ।

टीनू : (डरा हुआ है) क्यों हमे उठाया है, हमने क्या किया है, हमे जाने दो मम्मी की याद आ रही है। (रोने लगता है)

गिट्टू : ए रो मत, मैं बात करता हूं। (चोरों से) ए क्यों उठाया है हमको.... जल्दी छोड़ दे नहीं तो अच्छा नहीं होगा तेरे साथ।

दुक्का : क्या बे ज्यादा बक बक मत कर, पहले इसे ही बेचेंगे.... इक्का फोन लगा।

इक्का : दुक्का इनको मम्मी की याद आरही है इनको छोड़ देते हैं न...!

(दुक्का इक्का को एक घूंसा मारता है)

दुक्का : इनसे ज्यादा तो तुझे मम्मी की याद आ रही है, चुप बैठ।

इक्का : (रोता हुआ) हां मुझे मेरी मम्मी की बहुत याद आती है वो न मुझे टॉफी खिलाती थी। और लॉलीपॉप भी देती थी।

(परी आती है)

परी : लॉलीपॉप चाहिए आपको...??

इक्का : (उत्साहित हो कर) हां हां लॉलीपॉप चाहिए, आपके पास है?

परी : हां है न... पर पहले इस रस्सी को पकड़ना।

(इक्का पकड़ता है)

दुक्का इक्के को कान में कुछ बोलने आता है)

दुक्का : अरे ये तुझे बेवकूफ बना रहे हैं इक्का तुझे लॉलीपॉप चाहिए न, मैं दूंगा अभी काम पर ध्यान दे।

इक्का : नहीं नहीं नहीं, मुझे अभी चाहिए ।

(इनकी इस बात बात में, परी और गच्चा दोनों को बांध देते हैं और हाथ झाड़ कर खड़े हो जाते हैं)

गच्चा : अब तो पकड़ में आएगी। अब बोलो क्या किया जाए तुम्हारे साथ?

परी : मार दिया जाए... या छोड़ दिया जाए?

इक्का : हमे छोड़ दो, नहीं तो रात में लेट हो गए तो मम्मी को मारेगी!! घर जाना है मुझे.....!!

परी: अच्छा बच्चू अब घर जाना है, तुमने हमारे दोस्तों को बंदी क्यों बनाया?

दुक्का : कौन से दोस्त, ये सब तो तुमसे जलते हैं परी।

गच्चा : अच्छा ऐसी बात है, दीदी गिट्टू को यही छोड़ कर चलते हैं, बाकियों को ले लेते हैं।

परी : नहीं गिट्टू भी हमारा दोस्त है, हम सब साथ में खेल खेलते हैं, और वो हमारा साथी है। है ना गिट्टू...!!?

गिट्टू : (शर्मिंदा होते हुए) हां परी। हां गच्चा। मुझे माफ कर दो। मैंने इतना झूठ बोला।

गच्चा : दीदी ये सॉरी बोल रहा है, हमे इसे माफ कर देना चाहिए ना।

परी : हां गच्चा, हम सब अब मिल कर रहेंगे। अब तुम जल्दी से सबको खोल दो।

(गच्चा पहले गिट्टू को खोलता है, हाथ मिलाता है गले लगता है और दोनों सबको एक एक करके खोलते हैं।

(परी, इक्का - दुक्का के पास खड़ी है)

परी : अब अगर तुम समय से घर जाना चाहते हो तो अभी 10 उठक बैठक लगाओ.....

इक्का : दुक्का जल्दी उठ, घर जल्दी जाना है। उठ साथ में

(दुक्का नहीं उठता)

इक्का : दुक्का उठ तुझे मम्मी कसम।

(इक्का दुक्का रस्सी से बंधे बंधे ही साथ में उठते हैं और साथ में उठक बैठक लगाते हैं)

(इतने में सरपंच अपने दोनों साथियों के साथ आता है और परी और गच्चा गिट्टू को आवाज़ दे रहा है।)

गच्चा : दीदी अब तो मार पड़ेगी हम तो बिना बताए भाग आए थे.... बाबा बहुत मारेंगे, दीदी बचा लो।

परी : हां गच्चा आज तो बहुत डांट पड़ेगी चल अब तैयार हो जा डांट खाने को।

सरपंच : (गुस्से से) क्या करते हो तुम बच्चों, नाक में दम करके रखा है। कब समझदार बनोगे तुम। हमेशा मस्ती और झूठ बोलना।

गणेश : दद्दा देख तो ये वो वहीं गिरोह के लोग है जो बच्चे चुराते हैं।

रामलला : हां दद्दा देख तो इन चोरों को बांध किसने?

गिट्टू : काका ये सब परी और गच्चा ने किया है। दोनों हमे बचाने आए थे। और बड़ी बहादुरी से दोनों चोरों को बांध कर बंदी बना लिया।

गिरिधर : परी, गच्चा बेटा शाबाश। बहुत बढ़िया काम किया।

गिट्टू : काका मुझे माफ कर दीजिए, मैंने झूठ बोला कि परी और गच्चा ने मुझे नदी में फेंका था, ये दोनों तो मुझे बचाने को हाथ पकड़े थे वो तो मेरा पैर फिसल गया। परी, गच्चा माफ कर दो।

परी : कोई बात नहीं गिट्टू। माफी कैसी ? हम तो दोस्त हैं न। अब हम सब फिर से साथ में खेला करेंगे।

(सरपंच अपने दोनों साथी के साथ चोरों को ले कर चला जाता है। बच्चे दोनों चोरों को डांट कर मुंह बिरा कर भगा देते हैं।)

हम हैं शरारती बच्चे,
पर साथ में करामाती बच्चे
और साथ में बहादुर बच्चे।
मम्मी पापा के हम प्यारे
हैं दुलारे सबके बच्चे।
मम्मी पापा भी हमको
कभी कभी हैं वो डांटते
पर हमारी बहादुरी देख वो
हमसे प्रसन्न हो जाते।
हम हैं शरारती बच्चे,
पर साथ में करामाती बच्चे
और साथ में बहादुर बच्चे।
(बच्चे हंसते खेलते जाते हैं और बाहर निकल जाते हैं)

अरमान मेहरा

जन्म तिथि: 15 नवम्बर 1998। माता : **श्रीमती अंजना मेहरा. पिता : श्री रोमेश मेहरा**

पता - वार्ड क्रमॉक 13, महाराणा प्रताप नगर, बुढी, बालाघाट (म.प्र)

***प्रारम्भिक शिक्षा* :**

केन्द्रीय विद्यालय बालाघाट तथा एम.सी.एस. पब्लिक स्कूल बालाघाट से ।**इसके उपरांत मॉखनलाल चतुर्वेदी राष्ट्रीय पत्रकारिता एवं संचार विश्वविद्यालय, भोपाल से कम्प्यूटर अनुप्रयोग में स्नातक (B.C.A.) की उपाधि ।**

अरमान बचपन से ही मंचीय गतिविधियों से जुड़े रहे हैं और उन्होंने बहुत ही कम उम्र में नृत्य, गायन एवं अभिनय के माध्यम से अपनी प्रतिभा का प्रदर्शन करना प्रारम्भ कर दिया था।

वर्ष 2023 से 2025 तक उन्होंने मध्यप्रदेश नाट्य विद्यालय, भोपाल से नाट्य कला में परास्नातक डिप्लोमा **(P.G. Diploma in Dramatic Arts) प्राप्त किया है।**

अब तक उन्होंने कई रंगमंचीय नाटकों में अभिनय किया है और वर्तमान में वे मुंबई विश्वविद्यालय से प्रदर्शन कला में स्नातकोत्तर उपाधि (Master's in Performing Arts) प्राप्त कर रहे हैं।उनके इस कलात्मक सफ़र में उनके माता-पिता का सदैव अटूट सहयोग और प्रोत्साहन रहा है, जिसने उन्हें निरंतर आगे बढ़ने की प्रेरणा दी।

अरमान निरन्तर एक बेहतर अभिनेता और एक अच्छा इंसान बनने के प्रयास में समर्पित हैं।

"लड्डू" पहला बाल नाटक है, जिसमें उनकी रचनात्मकता, संवेदनशीलता और बालमन की सहजता का सुंदर समन्वय देखने को मिलता है।

लड्डू
अरमान मेहरा

दृश्य 1

स्टेज पर एक तरफ चूल्हे पर माँ तवे पर रोटी सेक रही है और रोते हुए हेमू का प्रवेश हेमू ने आधी आस्तीन की क़मीज़ पहनी है और नीचे आधे पैर की पतलून पहना हुआ है जिसे उसने हाथ से पकड़ा हुआ है

(हेमू थोड़ा चिड़चिड़ाता है)

हेमू - माँ मुझे स्कूल नहीं जाना

माँ - चुप रहे, इर सुबह स्कूल जाने के नाम से रोता है।

हेमू - नहीं माँ पतलून की चेन फंस गई है, बहुत दर्द हो रहा है

माँ - अरे, इधर आ, कैसे हो गया

(माँ हेमू की पतलून की चेन ठीक करती , हेमू का रोना धीरे धीरे कम होता है . माँ उठकर लकड़ी की अलमारी के पास जाती है ,अलमारी से कुछ निकालकर)

माँ- ये ले, तेरे स्कूल की फ़ीस

(माँ फ़ीस हेमू के बस्ते में संभाल कर रखते हुए)

मॉ - देख इसको अच्छे से बस्ते में रख दिया है, सीधा स्कूल जाना और मास्टरजी को देना

हेमू - ठीक है।

(हेमू निकलता है)

मॉ- भगवान के आगे हाथ जोड़ना मत भुलना

(हेमू चलते चलते ठिठकता है , भगवान को याद करके हाथ जोड़ता है निकल जाता है)

दृश्य 2

(मंच पर मेले सा लगा हुआ है , कुछ छोटी छोटी दुकाने है)

लड्डु वाला - लड्डू ले लो लड्डू, गोल-गोल, मोठे-मीठे लड्डू

(हेमू का मंच पर प्रवेश । लड्डू वाला और बाकी दुकानदार सामान बेच रहे है। (हेमू को लड्डू की ख़ुशबू आती है, वह वहाँ ठिठकता है)

हेमू - कितनी अच्छी ख़ुशबू है, लड्डू बहुत ही स्वादिष्ट लग रहे है

लड्डू वाला - लो बेटा लड्डू खा लो, बहुत स्वादिष्ट है

(हेमू बात सुनकर थोड़ा मुस्कुराता है , हमू का मन लड्डू खाने के लिए ललचाता है , हेमू - थोड़ा सोचकर...)

हेमू - दे दो लड्डू ..

लड्डू वाला - कीमत दे पाओगे न ?

हेमू - चुपचाप लड्डू दो, अब मुझसे रहा नहीं जा रहा

(लड्डू वाला - लड्डू कागज़ में लपेटकर हेमू को देता है)

गाना - लड्डू खाओ, लड्डू खाओ
आओ भाई जल्दी आओ
गोल गोल और पीले लड्डू
बड़े बड़े और मीठे लड्डू
लड्डू खाओ, लड्डू खाओ
आओ भाई जल्दी भाओ

(गाने के दौरान हेमू चाव से लड्डू खाता है और पास में एक पेड़ के नीचे बैठकर आराम करता है)

(तभी गाना समाप्ति के बाद)

हेमू - लड्डू बहुत स्वादिष्ट थे

(तभी मंच पर मुक्कु का प्रवेश)

मुक्कु - हेमू क्या तुमने स्कूल की फ़ीस जमा करदी ? मास्टरजी तुम्हे पुछ रहे थे

हेमू - क्या ??? मास्टरजी मुझे पूछ रहे थे

मुक्कु - हाँ, मिल लेना जाकर

(मुक्कु निकल जाता है , हेमू सदके में)

हेमू- अब क्या करू, फ़ीस के पैसों से तो लड्डू खा लिया अब फ़ीस कहा से जमा करूँगा?

मॉ को पता लग गया तो बहुत मारेगी

(हेमू बहुत टेशन में,चेहरे की हवाईयाँ उड़ी हुई है और हेमू के आँखो से टप-टप आँसु बहने शुरू हो जाते है । देखते ही देखते हेमू चीख चीखकर रोता है तभी मंच की एक तरफ से एक बच्चा एक पंडित के वस्त्रों में प्रवेश करता है ,पंडित, हेमू को देखकर)

पंडित-क्यों रो रहे हो हेमू बेटा पिता जी ने पीट दिए क्या ?

(हेमू पंडित जी को देखकर)

हेमू - नहीं पंडित जी, वो स्कूल में ...

पंडित - अच्छा स्कूल में मास्टरजी ने पीट दिए

हेमू - नहीं पंडित जी, वो लड्डू वाला...

(पंडित जी फिर बात काटकर)

पंडित - क्या लड्डू वाले ने पीट दिया, क्यों ?

हेमू - नहीं पंडित जी, क्या कुछ भी बोल रहे हो, वो बस मेरी कोई चीज़ खो गई है मिल नहीं रही

पंडित - बाबू भगवान का नाम लो, सब खोया मिल जाएगा।

(पार्श्व से आवाज़ आती है)

(अरे पंडित जी जल्दी आओ हवन का समय हो गया है)

(पंडित गाना गाता है, हवन करेंगे हवन करेंगे और निकल जाता है)

हेमू- हे भगवान मैं हाथ जोड़ता हूँ, मुझे फ़ीस के पैसे दे दो मैं अगली बार से कभी फ़ीस के पैसों से लड्डू नहीं खाऊंगा हे भगवान एक काम करो आप मेरी पतलून की जेब में पैसे डाल दो, ठीक है।

(हेमू अपने जेब में हाथ डालता है और धीरे से खाली हाथ बाहर निकालता है)

हेमू- भगवान मैं रोज़ स्कूल आने से पहले पूजा करूंगा, कभी झूठ नहीं बोलूँगा, और स्कूल जाने के लिए भी नहीं

रोऊंगा आप बस फ़ीस के पैसे मेरी पतलून की जेब में डाल दो

(हेमू हाथ जोड़ता है आँखे बंद करता है थोड़ी देर बाद आँखें खोलकर दोबारा अपनी पतलून की जेब में हाथ डालता है, जेब ख़ाली मिलती है)

हेमू का स्वर रोने सा ..

हेमू - भगवान मैं लड्डू खाना भी छोड़ दूंगा दुध भी रोज़ पीउँगा भगवान बस फ़ीस के पैसे मेरी पतलून की जेब में रख दो।

(हेमू आँखे बन्द करता है । भगवान का नाम बार बार दोहराता है ,जेब में हाथ डालता है और ज़ोर ज़ोर से रोने लगता है , तभी वहाँ साइकिल से मास्टरजी आते है । मास्टरजी हेमू को रोता हुआ देखकर, तुरंत हेमू के पास जाते है)

मास्टरजी - हेमू क्या हुआ, मन ठीक है तेरा ?

(हेमू मास्टरजी को देखकर आँसू पोछते हुए)

हेमू - कुछ नहीं मास्टरजी वो मेरी कोई चीज़ खो गई

मास्टरजी- क्या

हेमू- (रोते हुए) स्कूल की फ़ीस।

मास्टरजी - क्या ?? तुमने स्कूल की फ़ीस खो दी

(हेमू और चीख़कर रोता है)

मास्टरजी- रोना बंद करो और चलो घर

हेमू- मैं आपके घर नहीं जाऊँगा, मेरी फ़ीस.....

मास्टरजी- मेरे नहीं तुम्हारे घर, चलो अब

(हेमू को साइकिल में बिठाकर मास्टरजी निकलते है)

दृश्य 3

(मॉ का मंच पर प्रवेश । मॉ मंच पर गेहूँ सूखने डालने का अभिनय करती है । एक तरफ पानी का घड़ा रखा हुआ है । मास्टरजी मंच के बाहर से)

मास्टरजी - जी, हेमू की मॉ घर पर है ?

(मास्टरजी और हेमू का प्रवेश)

मॉ - नमस्ते मास्टरजी, हेमू आज जल्दी कैसे आ गए

(हेमू चुप रहता है । मॉ हेमू का रोया हुआ चेहरा देखती है)

मॉ - क्या हुआ हेमू ?

मास्टरजी - हेमू की मॉ, हेमू ने रास्ते में अपने स्कूल की फ़ीस खो दी और अभी तक रो रोकर फ़ीस ढूँढ रहा था

मॉ - पर मैने ही तो फ़ीस इसके बस्ते में रखी थी मुझे अच्छे से याद है वो कहीं नहीं खो सकता। हेमू क्या तुमने रास्ते में अपना बस्ता खोला था ?

हेमू- नहीं

मॉ - तो बस्ते में अच्छे से देखो वहीं होगी फ़ीस

(हेमू चूप रहता है)

मास्टरजी - हेमू लाओ तुम्हारा बस्ता दिखाओ

(हेमू ज़ोर ज़ोर से चीख़ चीख़कर रोता है। मॉ हेमू के पास जाती है उसे गले लगाती है)

मॉ - क्या हुआ बेटा? तुम फ़ीस की चिंता मत करो रोना बंद करो, फ़ीस खो दी तो खो दी मैं तुम्हें दुसरी फ़ीस दे दुंगी तुम रोओ मत

हेमू - सच में

मॉ - हाँ, रोना बन्द करो

मास्टरजी - हाँ हाँ हेमू रोओ मत अब खो दी तो खो दी, छोड़ो

मॉ - पर बेटा, तुमने बस्ता खोला नहीं फ़ीस बस्ते में भी नहीं है तो बताओ कहीं किसी ने तुमसे फीस के पैसे ले तो नहीं लिए **(हेमू चुप है)**

मॉ - बोलो बेटा

(हेमू टस से मस नहीं होता है । मॉ को थोड़ा शक होता है)

मॉ - तो तू नहीं बोलेगा

(मॉ दौड़कर जाती है और विंग्स से एक छड़ी लेकर आती है)

हेमू - **(छड़ी देखकर)** मॉ ।

मॉ - कोई मॉ - वा नहीं, बोलता है या नहीं

हेमू - मॉ ... वो मॉ ...

मॉ - देख, अगर सीधे सीधे बोलागा तो नहीं मॉरूँगी

मास्टरजी – बताओ बेटा, डरो मत कहीं तुम्हारे किसी दोस्त ने तो ये शरारत नहीं की ? (और पास में रखे लोटे से पानी पीते है)

हेमू - नहीं मास्टरजी, मॉ वो मैनें फ़ीस के पैसों से लड्डू खा लिए

(मास्टर जी ये बात सुनते ही पीता हुआ पानी बाहर फेंकते है)

मास्टरजी -क्या, फ़ीस के पैसों से लड्डू खा लिए

मॉ - क्या कहा हेमू...

(मॉ छड़ी लेकर हेमू की पीछे दौड़ती है हेमू भागता है)

मॉ - बदतमीज़, फ़ीस के पैसों से लड्डू खा लिया इधर आ, तेरे लड्डू निकालती हूं

हेमू भागते हुए - नहीं मॉ, तुमने ही तो कहा था कुछ नहीं होता तुम दोबारा फ़ीस दे दोगी

मॉ - हाँ हाँ, तेरे पापा ने जो पैसों का पेड़ लगाया है न आँगन में

हेमू- मॉ माफ करो, मै दोबारा कभी लड्डू नहीं खाऊंगा

(मॉ गुस्से में छड़ी घुमाती है । हेमू मास्टरजी के पीछे छुपता है । मॉ की छड़ी दो तीन बार हेमू की जगह मास्टरजी को पड़ती है । मास्टरजी आ ऊ करते है । मॉ, मास्टरजी की आवाज़ सुनकर झट से रूकती है । मॉ के चेहरे पर पछतावा । मास्टरजी अभी भी दर्द में है)

हेमू - मास्टरजी मेरे बस्ते में अभी भी एक लड्डू बचा है आप चाहो तो ले लो

(आग बबूला मास्टरजी, मॉ के हाथ से छड़ी लेते हैं , हेमू भागता है । पीछे मास्टरजी भागते है , उसके पीछे मॉ भागती है । एक विंग्स से निकलकर दोबारा दूसरी विंग्स से मंच पर प्रवेश करते है , तीनों अभी भी एक दुसरे के पीछे भाग रहे है....)

सर पर देखो बोझ बड़ा है
पाठशाला का भूत खड़ा है
क्या करें क्या न करें
अब कोई तो उत्तर लाओ
लड्डू खाते जाओ
हाँ हाँ लड्डू खाते जाओ
लड्डू खाते जाओ
बेटा लड्डू खाते जाओ
गणित की गहरी नदी बही है
मॉस्टर बोले वही सही है
इधर करेला उधर है लौकी
इनसे मुझे बचाओ
लड्डू खाते जाओ
हाँ हाँ
लड्डू खाते जाओ
लड्डू खाते जाओ
बेटों लड्डू खाते जाओ।

समाप्त

परिचय:

रिचा पांडेय

जन्म: 6 अगस्त 2001 , जन्म स्थान : रीवा मध्य प्रदेश

माता: श्रीमती शैली पांडेय , पिता: श्री छत्रसाल पांडेय

शिक्षा

रिचा पांडेय ने अपनी प्रारंभिक शिक्षा सरस्वती शिशु मंदिर में प्राप्त की। इसके बाद, ठाकुर रणमत सिंह महाविद्यालय रीवा से केमिस्ट्री ऑनर्स में बीएससी की उपाधि प्राप्त की। तदोपरांत उन्होंने मध्य प्रदेश नाट्य विद्यालय से ड्रैमेटिक आर्ट्स में 2 वर्ष का पीजी डिप्लोमा प्राप्त किया ।

साहित्यिक योगदान

इन्होंने ने कई कविताओं की रचना की है, जो रीवा के विभिन्न समाचार पत्रों में प्रकाशित हुई तथा काव्य गोष्ठियों में उनका मंचन किया हैं। उनकी कविताएं बहुत चर्चित हुई हैं, जिनमें से कुछ प्रमुख हैं:- पराग-

कृष्णा के कृष्ण

नाटक और अभिनय

रिचा पांडेय ने कई नाटकों में महत्वपूर्ण भूमिका अदा की है। उन्होंने नाटक भी लिखे हैं जिनमें से एक :-

देवी योग (अप्रकाशित)

वर्तमान में मुंबई विश्वविद्यालय में अध्ययनरत हैं और एक अभिनेत्री के रूप में अपना स्थान बना रही हैं।

नादानी

रिचा पांडेय

मॉ - झिमि खाना लगा दिया है, आजा जल्दी तुझे अपने हाथ से खिलाती हूं जल्दी आ जा

झिलमिल - आ गई मॉ बस गणित का एक प्रश्न और हल कर लूं .. फिर झट से आती हूं

मॉ - तू या तो सारा दिन पढ़ती है या उछल कूद । कभी तो मॉ के पास आराम से बैठ जाया कर .. और अगर खायेगी नहीं तो न ताकत आएगी न दिमाग ही चलेगा ।

(झिलमिल जल्दी से मॉ के पास आ कर बैठ जाती है)

झिलमिल - सच मॉ !! अगर खाना नहीं खाऊंगी तो दिमाग भी नहीं चलेगा ।

मॉ - हां ! सच अब चुप चाप खाना खा । (मॉ खाना खिलाती है)

झिलमिल - मॉ मैने खाना भी खा लिया और सारा होमवर्क भी कर लिया, अब मैं खेलने जाऊ?

मॉ - झिमि यही घर पर ही खेल ले बता क्या खेलना है? मैं खेलूंगी तेरे साथ

झिलमिल - मॉ ... आपको तो कितना काम होता है घर पर । आप थक जाओगी और बाहर मैदान तरफ इतने बच्चे तो खेल रहे हैं मैं उनके साथ खेल लूंगी ।

(जाती है और बोलती है,,)

ठीक है मॉ अब मैं जा रही हूं और आप दुखी मत होना मैं आ कर आपके साथ भी खेल लूंगी (खिलखिला कर हंसती है और चली जाती है)

मॉ – मानती ही नहीं है ये लड़की , वहां बच्चे फिर उसके साथ खेलने से मना कर देंगे और मज़ाक उड़ाएंगे . ये दुखी होगी और वापस आ जाएगी मुझे कुछ कहेगी भी नहीं |

(मैदान का दृश्य जहां कई सारे बच्चे खेल रहे हैं, बच्चों ने घेरा बनाया हुआ है एक बच्चा घेरे के बीच में है जो खेल का गीत गा रहा है ..

भागो भागो बच्चो ! जंगल में आग लगी भागो भागो भागो ! मूर्ति बन स्टॉप, सभी बच्चे मूर्ति बन जाते हैं .. झिलमिल आती है)

झिलमिल - मैं भी खेलूंगी

रुनझुन - हम तुझे क्यों खिलाए.. और वैसे भी हम बहुत पहले से खेल रहे हैं

सुंदर - तुझे अगर खेलना है तो दाम देना होगा

झिलमिल - ठीक है, मैं दाम देती हूं तुम सब भागो ...... भागो भागो बच्चो ! जंगल में आग लगी भागो भागो भागो ! मूर्ति बन स्टॉप

(कोई भी बच्चा स्टॉप नहीं होता बल्कि सब है झिलमिल पर हंसने लग जाते है)

झिलमिल - (चिढ़ कर) तुम सब मूर्ति क्यों नहीं बने और हंस क्यों रहे हो ...

बेबी - क्योंकि तू बंदरिया जैसे लग रही है, देख तेरे कपड़े भी कितने मैले हैं और चोटी कैसे बंदरिया जैसी है.. हमें नहीं खेलना तेरे साथ

रुनझुन - तू तो अपने खिलौने भी कभी नहीं लाती

सुंदर- इसके पास तो खिलौने भी नहीं होंगे (सभी हंसने लग जाते हैं)

झिलमिल - तुम सब ऐसा क्यों कह रहे हो मेरे कपड़े तो साफ और चोटी भी मेरी मॉ ने अच्छे से बनाई है अगर मेरे पास खिलौने होते तो मैं तुम सब को अपने घर ले जाती और हम सब साथ में खेलते

नंदू - हम तेरे घर तो भी खेलने नहीं आते, इतने छोटे से घर पर हम सब कैसे आ पाएंगे वहां तो खेलने की जगह भी नहीं है

रुनझुन - अगर तू हमारे साथ खेलने की जिद्द करेगी तो हम सब यहां से चले जाएंगे तो तू खेलना मैदान में अकेले

सभी - हां.. हां हम सब चले जाएंगे

झिलमिल - नहीं नहीं तुम सब यहीं खेलो मैं जाती हूं

(झिलमिल उदास हो कर चली जाती है।

(सभी बच्चे खेलने लगते है अचानक तेज हवा चलने लगती है सभी बच्चे डर जाते है छुपने के लिए जगह ढूंढते है तभी उन सब को सबसे नजदीक झिलमिल का घर दिखाई देता है सब बच्चे भाग कर उसके घर की तरफ जाते हैं।)

मॉ- (बाहर आती है) अरे बच्चो बाहर क्यों खड़े हो जल्दी अन्दर आ जाओ लगता है बहुत तेज तूफान आने वाला है

(सभी बच्चे अंदर आ जाते है)

झिलमिल - तुम सब बाहर क्यों खड़े थे आवाज़ भी नहीं दी वो तो अच्छा हुआ कि मॉ ने आहट सुन कर

दरवाजा खोल दिया, बाहर बहुत तेज तूफान है, इधर आओ बैठ जाओ कब तक खड़े रहोगे जब तक तूफान नहीं रुकता तुम सब यहां आराम से बैठो

मॉ - तुम सब बहुत समय से बाहर खेल रहे हो भूख तो लगी ही होगी

नंदू - मुझे डर लग रहा है आंटी मुझे मेरी मॉ के पास जाना है

मॉ - तूफान रुकेगा तो मैं खुद तुझे तेरे घर छोड़ आऊंगी, तब तक कुछ खा ले

बेबी - हा .. मुझे तो भूख लग रही है

रुनझुन - बेबी, अभी तूफान रुकेगा तो हम हमॉरे घर जा कर खा लेंगे, मेरी मॉ कहती है किसी दूसरे के घर कुछ खाना नहीं चाहिए

झिलमिल - रुनझुन ये किसी दूसरे का घर थोड़ी है ये तो मेरा घर है और तुम सब तो मेरे दोस्त हो न

नंदू - भूख तो मुझे भी लगी है

मॉ - ठीक है तुम सब बैठो मैं सबके लिए कुछ खाना बना कर लाती हूं और कोई भी घर से बाहर मत जाना

झिलमिल - मॉ तुम चिंता मत करो जब तक तूफान नहीं रुकता मैं किसी को बाहर जाने नहीं दूंगी

मॉ - ठीक है झिमि

झिलमिल - चलो तब तक हम सब कुछ खेलते हैं

सुंदर - पर यहां क्या खेलेंगे

रुनझुन - हां यहां क्या खेले और तेरे पास तो खिलौने भी नहीं है

झिलमिल - हम सब गणित की गिनती का खेल खेलेंगे

सभी - कैसे

झिलमिल - बताती हूं.. जैसे मैं बोलूंगी 1+1 - कितना? जिसने सबसे पहले उत्तर दिया वह जीत जाएगा और फिर वह पूछेगा अगला सवाल, जैसे 2+2 - कितना ? जो सबसे ज्यादा सही जवाब देगा जीत जाएगा ।

सभी - ठीक है

झिलमिल - 3+2 = कितना ?

रुनझुन - 5, 5+2 = कितना ?

सुंदर - 7, 7+1 = कितना?

झिलमिल - 8, 8+2 = कितना ?

नंदू - 10, 10+ 3 = कितना ?

झिलमिल - 13, 13+ 1 = कितना ?

बेबी - 14, 14+5= कितना ?

झिलमिल = 19

मॉ - अरे वाह तुम सब का तो मन लग गया, लो सब कुछ खा लो

सभी - क्या बनाया है..?

बेबी - खुशबू तो पूरी की है

मॉ - हां .. सिर्फ पूरी नहीं , आलू पूरी आओ बच्चो जल्दी से अपने पेट के चूहों को भगा लो आलू पूरी खा लो (मॉ हसती है साथ में सभी बच्चे भी)

नंद्रू - मुझे और भूख लगी है

झिलमिल - लो नंद्रू तुम मेरी पूरी ले लो

नंद्रू - नहीं झिलमिल तुम खा लो तुमने तो कुछ खाया भी नहीं

झिलमिल - नहीं तुम खाओ मुझे अभी भूख नहीं है और जब भी भूख लगेगी मैं मॉ को बोल कर बनवा लूंगी

मॉ - (उठ कर थोड़ा दूर जाती है और झिलमिल को आवाज़ देती है) झिमि इधर तो आ बिटिया ... झिमि रसोई में तो आटा समाप्त हो गया है मैं तुझे कैसे पूरी बना कर दूंगी खाने को रसोई में अब कुछ नहीं है

झिलमिल- मॉ तुम परेशान नहीं हो आज सबके साथ खेल कर इतना मज़ा आया कि खेल खेल कर ही मेरा

पेट भर गया और तुम ही तो कहती हो घर आए भूखे मेहमॉन की भूख मिटाना सबसे ज्यादा जरूरी है और जब बाबा आएंगे तो हम उनसे कह कर राशन मंगवा लेंगे मॉ तुम चिंता मत करो।

(नंदू और रुनझुन उनकी बाते सुन कर उनके पास आते हैं)

नंदू - झिमि हमने तो तुम्हे अपने साथ कभी खेलने तक नहीं दिया और तुमने तो अपना खाना भी हमें दे दिया और खुद भूखी हो

रुनझुन - सच झिलमिल तू बहुत समझदार है अपने बारे में न सोच हमारे बारे में सोचा हमने तो तुम्हारे घर ले बारे में भी कितना भला बुरा बोला पर तूने हमे अपने घर पर सहारा भी दिया और खाना भी सच झिलमिल तेरा घर सबसे बड़ा है जहां प्यार और अपनेपन के खिलौने भी है

(उतने में बेबी और सुंदर भी आते हैं)

बेबी - हां झिलमिल हम सब को अपनी नादानी पता चल गई है

सुंदर - हां और झिलमिल अबसे हम सब साथ खेलेंगे और खूब मस्ती करेंगे

नंदू - और झिलमिल की माँ के हाथ का खाना भी खाएंगे (सब हसने लग जाते हैं)

सभी बच्चे घेरा बना कर खड़े हो जाते हैं झिलमिल को घेरे के अंदर खड़ा कर लेते हैं

झिलमिल - (गाती है) भागो भागो बच्चो जंगल में आग लगी भागो भागो भागो। मूर्ति बन स्टॉप समाप्त

युधिष्ठिर सुनानी

युधिष्ठिर सुनानी का जन्म 17 मई 1999 को ओडिशा के कालाहांडी जिला के कालीपुर गाँव में हुआ। पढ़ाई ओड़िआ भाषा में , स्नातक संबलपुर यूनिवर्सिटी से B.Sc. (Zoology) , PG diploma in theatre मध्य प्रदेश नाट्य विद्यालय से किए है,साथ ही Kudo,Karate,Taekwondo ओर MMA मॉर्शल आर्ट सीखा । Kudo में 2021 मे स्टेट गोल्ड मेडल ,ओर बाद मे कई सारी मेडल प्राप्त किए है।

दोस्ती

युधिष्ठिर सुनानी

पात्र

मॉ - पपु

डली - रवि

गुंडु - रेहान

(मंच पर मॉ बेटे को स्कूल जाने के लिए स्कूल ड्रेस पहना कर तैयार कर रही है ।)

मॉ : बेटा तू हाथ धोके आजा, मैं तेरे लिए खाना लाती हूँ। खा के स्कूल जाना ।

पपु : हाँ मॉ ,पर मैं स्कूल नहीं जाऊंगा ।

मॉ : क्यू स्कूल क्यू नहीं जाएगा ?

पपु : मॉ मुझे स्कूल में खेलने नहीं देते ओर मारते भी हैं।

मॉ : बेटा तू किसी से झगड़ा मत करना , सबसे मिलके रहना ।

पपु : मॉ मैं झगड़ा नहीं करता वो खुद आके करते है।

मॉ : तू उन सबसे दूर रहना ओर मन लगा कर पढ़ना ।

पपु : मॉ मैं किसी से नहीं मिलता , मै तो चुप छाप अपना काम करता हूँ।

मॉ : हाँ ठीक है बेटा , अब तू खाले ।

(मॉ पपु को खाना खिलाती है ओर स्कूल भेजती है)

पपु : बाइ बाइ मॉ ।

मॉ : बाइ बेटा मन लगाकर पढ़ना...

शाम को तेरे लिए खीर बनाऊंगी ....

दृश्य 2

(स्कूल का दृश्य , कुछ बच्चे लाइन लगाकर बैठे है , पपु उन सब से दूर बैठा है। मैडम आती है पपु के देखकर पूछती है)

डली : क्या हुआ बेटा तू अलग क्यू बैठा है ?

पपु : मेडम ....

डली : जाओ सबके साथ मिलकर बैठो ।

(पपु जाकर बाकी लोगों के साथ बैठता है ओर मेडम पढ़ाने लगती है ।)

डली : गुंडु तुम उठो , मान लो तुम्हारे पास 5 केजी आलू है ओर तुम 1.5 केजी आलू पपु को दे दिए तो तुम्हारे पास कितना आलू बचा ?

गुंडु : मेडम मुझे आलू पसंद नहीं है , कुछ और दीजिए ।

डली : ठीक है, मान लो तुम्हारे पास करेला है .....

(गुंडु रोने लगता है)

डली : क्या हुआ बेटा रो क्यू रहे हो ?

गुंडु : (रोते हुए)मैडम करेला बहुत कड़वा लगता है।

डली : ठीक है ठीक है अब चुप हो जाओ और बैठ जाओ, पपु बेटा तुम उठो ।

पपु : जी मैडम ।

डली : पपु बेटा तुम बताओ कि अगर तुम्हारे पास 5 बैल है ओर 2 मुर्गी तो बताओ कितने पैर हुए ?

पपु : 28

मैडम : अरे बेटा मुर्गी के 2 पैर होते है ।

पपु : 24 पैर मेडम ।

डली : गुड , बैठ जाओ बेटा । अब सब जाओ खेलो

दृश्य 3

(कुछ बच्चे खेल रहे है)

पपु : मुझे भी खेलना है मुझे खेलाओ ।

रेहान : चल भाग यहा से, खेल तो पाता नहीं है ओर खेलने आगया ।

पपु : नहीं मैं खेलूँगा।

(रेहान पपु को मारता है , पपु रोते हुए अलग जाकर बैठ जाता है ओर रोता रहता है ।)

रवि : अरे पपु रो क्यू रहा है ?

पपु : मुझे खेलने नहीं दे रहे है, और रेहान ने मुझे मारा।

रवि : अच्छा अब रोना बंद कर, चल मैं खेलने के लिए बोलता हूँ।

पपु : हाँ चलो।

रवि : अरे रेहान ! पपु को क्यू खेलने नहीं दे रहे हो , खिलाओ इसको।

रेहान : इसको खेलना नहीं आता।

रवि : सीख जाएगा । खेलाओ पपु को।

रेहान : नहीं हम इसे नहीं खिलाएंगे।

रवि : ठीक है, चल पपु मैं तेरे साथ खेलूँगा।

पपु : तुम मेरे अच्छे दोस्त बनोगे ? मेरा कोई दोस्त नहीं है।

रवि : हाँ मैं तुम्हारा अच्छा दोस्त बनूँगा, दोनों मिलकर खूब पढ़ेंगे ओर खूब खेलेंगे।

(पपु ओर रवि खुशी से खेलते है, खेलने के बाद दोनों साथ बैठते है ओर किताब खोलकर पढ़ते है।)fadeout

दृश्य 4

(पपु के घर का दृश्य)

मॉ : क्या कर रहा है बेटा ?

पपु : पौधे को पानी दे रहा हूँ मॉ।

मॉ : आजा मेरे पास।

(पपु मॉ के पास दौड़कर आता है, पपु आकर मॉ के गोद मे लेट जाता है, मॉ उसके सिर को सहलाते रही है।)

पढ़ाई कैसी चल रही है?

पपु : बहुत अच्छा चल रहा है मॉ, ओर मेरा नया दोस्त भी बना है।

मॉ : अच्छा ....

पपु : हाँ मॉ रवि और मै बहुत खेलते है और खूब पढ़ते हैं।

मॉ : अच्छा अपने दोस्त को घर बुलाना । घूमने जाएंगे।

पपु : जी।

दृश्य 5

(स्कूल मे बच्चे बैठे है लाइन से रवि ओर पपु एक साथ बैठे है)

सब : गुड मार्निंग मैडम।

डली : गुड मार्निंग बच्चों बैठ जाओ।

आज आप लोगों का सप्राइज़ टेस्ट है। सब अलग अलग बैठ जाओ कोई किसी का पेपर नहीं देखेगा।

सब : जी मैडम।

(मेडम सब को पेपर देती है, रवि और पपु खुशी से पेपर लिख रहे है।)

डली : चलो बच्चों टाइम हो गया सब पेपर देदो, अभी चेक करती हूँ।

(मैडम सबके पेपर चेक करती है)

आज पपु ओर रवि ने टॉप किया है, दोनों का सैम मॉर्क आये है।

(मैडम दोनों को चॉकलेट देती है)

पपु : रवि ! मॉ ने तुम्हें घर आने का बोला है,चलो।

रवि : हाँ।

दोनों खुश हो कर जाते है।

गाना :

एक साथ चलेंगे एक साथ बढ़ेंगे
किसी को अकेले नहीं छोड़ेंगे
सब को साथ लेकर चलेंगे।
हो या न हो कोशिश करते रहेंगे
जब हम साथ होंगे तो जग जीत जाएंगे।

एक साथ चलेंगे एक साथ बढ़ेंगे।

समाप्त

आकाश घोरमारे

जन्म 10 मई 1998 को मध्यप्रदेश के बालाघाट ज़िले में हुआ। पैतृक निवास इतोरा, तहसील लांजी, जिला बालाघाट (म.प्र.) ।

शिक्षा की शुरुआत सरस्वती शिशु मंदिर, बालाघाट से की। इसके बाद कॉलेज ऑफ एग्रीकल्चर, बालाघाट से कृषि स्नातक (B.Sc. Agriculture Hons.) की पढ़ाई सन् 2018 से 2022 तक पूरी की।

इसके पश्चात् म.प्र. स्कूल ऑफ ड्रामा , भोपाल से नाट्यशास्त्र और रंगमंच की शिक्षा प्राप्त की। इस संस्थान से प्राप्त अनुभव ने उन्हें एक कुशल रंगकर्मी के रूप में स्थापित किया।

आकाश घोरमारे को बचपन से ही नाट्यकला और अभिनय में गहरी रुचि रही है। इसी लगन ने उन्हें

रंगमंच से जोड़े रखा। उन्होंने कई नाटकों का निर्देशन किया, जिनमें प्रमुख हैं—"एकलव्य" (एकल नाट्य प्रस्तुति) – "लक्ष्मी" – निर्देशन और प्रस्तुति।"आर्ट ऑफ जंगल समारोह" – जिसके अंतर्गत "पॉपकॉन", "लक्ष्मी" और "अरे बा पारे बा" जैसे नाटकों का मंचन छिंदवाड़ा में किया गया।

आकाश घोरमारे ने न केवल निर्देशन और अभिनय क्षेत्र में कार्य किया है, बल्कि उन्होंने बाल नाटकों की रचना भी की है। "कौन है" बाल नाटक बच्चों के साहित्य और रंगमंच के लिए एक महत्वपूर्ण कड़ी है।इस क्षेत्र में उनका योगदान यह सिद्ध करता है कि वे केवल एक रंगकर्मी ही नहीं, बल्कि समाज और नई पीढ़ी के संवेदनशील मार्गदर्शक भी हैं।

कौन है

आकाश घोरमारे

मंच पर आवाज़ आती हैं

अटकन चटकन दही चट कन

अटकन चटकन दही चट कन।।2।।

(कोरस समूह का प्रवेश)

अटकन चटकन दही चट कन

अटकन चटकन दही चट कन।।2।।

लम्बे लम्बे बालों वाली

मौसी हो या मौसी की नानी

लम्बे लम्बे बालों वाली

मौसी हो या मौसी की नानी

कौन है ,कौन है ,कौन है

कौन है ,कौन है

कौन है

हास्य स्वर में :दरवाजे के पीछे भूत हैं

(गाने के स्वर में)

अटकन- मैं जो बोलूं वो सही

चटकन-ये जो बोले वो गलत

मैं जो बोलूं वो सही

अटकन-ये जो बोले वो गलत

(दोनों दोस्त साथ में तुक बंदी के साथ)

सही

गलत

सही

गलत

(अचानक अटकन कहीं एकटक देख रहा है और देखे ही जा रहा हैं)

अटकन -क्या है ये

चटकन-कावा है, या कोयल

अटकन-नहीं ,कावा है। शायद कोयल।

चटकन-दिखता तो वो कावा जैसा है

अटकन-या कोयल हैं जो कावा जैसा है

साथ में-तो कावा नई नई ...कोयल....

कोरस का प्रवेश,उसी दिशा में देखते हुए

कोरस:

कावा होगा

कोयल होगी

कावा

कोयल

कावा

कोयल

दोनों लड़ने लगते हैं

(ढिशूम ढिशूम ढिशूम)

नानी का प्रवेश

नानी - अरे सुबह सुबह तें ते

क्या लगा कर रहा हैं ये सब

चटकन-नानी ,ये कावा है

अटकन-नानी देखो, ना ये कोयल है ना ,

है ना ,है ना ।

नानी-अरे कावा हो या कोयल तुम्हें क्या,

उसके कोयल होने से या कौवा होने से परीक्षा में नम्बर आ जाएगा क्या?

(तेज स्वर में) जाओ भागो यहां से।

(अटकन ,चटकन चले जाते हैं)

अब नानी पेड़ की ओर देख रही हैं

नानी -कोयल तो है

(जाते हुए) वैसे कौवा भी हो सकता हैं
(धीरे से पूरा गांव वाले आ जाते हैं
और सभी एक स्वर में)
कौवा या कोयल
कौवा या कोयल
कौवा या कोयल
भून भून भून .....
(धीरे धीरे आवाज़ कम होती हुई।
सभी चले जाते हैं)
(अटकन चटकन चेहरा थक के वहीं खड़े है और पेड़ को देख रहे हैं)
नकली आधुनिकजी का प्रवेश
नकली आधुनिकजी - सब नया होना चाहिए ,सब नया ।
बदल के रख दूंगा ।मैं इस जगह को ।
गांव वाले - राम राम आधुनिक जी चाय लेगे आप।
नकली आधुनिकजी- very good....
(बातों को काटते हुए नानी बोली)
नानी -आई..... गुड़ अब भला गुड़ का क्या करेंगे आप ।

नकली आधुनिकजी - आप से कुछ बोलना ही ,नहीं चाहता

(आधुनिकजी जोश में आ कर बोला)

नकली आधुनिकजी - (गांव के सभी बच्चों से)

तुम सब को पढ़ना चाहिए ।

बच्चे -हां हां हां......

नकली आधुनिकजी - जिस के लिए किताबें खरीदनी चाहिए

बच्चे-जी हां

नकली आधुनिकजी - और उस के लिए, पेड़ काटने चाहिए ।

बच्चे-जी हां ,

(उदास भरे स्वर में)

बच्चे -क्या,....??

नानी-(दर्शकों से स्वगत के भाव में)

जी हां इनके व्यापार की शुरुआत पर्यावरण को नष्ट कर के ही होती हैं

(नकली आधुनिकजी ग्रामीणों से)

नकली आधुनिकजी -पेड़ काटने से ही शिक्षा प्रारम्भ होती हैं

(एक बच्चे की ओर देख कर।)

तुम क्या सोच रहे हो ?

बच्चे- पर....पेड़ काटने से मिलने वाली शिक्षा को , शिक्षा कहना सही होगा या नहीं??

नकली आधुनिकजी - (डांटते हुए) चुप करो तुम

(ग्रामीण लोगों से लालच के भाव में)

तुमने अगर ये कम नहीं किया तो

(कोरस)

तो ....डंडा डंडा डंडा डंडा डंडा....

ग्रामीण - एक स्वर में अगर कर दिया तो।

(कोरस)

तो.....पैसा पैसा पैसा पैसा पैसा.....

सभी कुल्हाड़ी ले कर लालच भरी निगाह से पेड़ की दिशा में एकटक देखते हैं

अटकन और चटकन - पर उन्होंने ऐसा किया क्यों

(सभी अभिनेता एक एक कदम आगे आ कर संवाद कोरस में बोलते हैं)

कोरस -रोज गार का लालच

लालच लालच लालच

बच्चों की कल्पित शिक्षा का लालच

लालच लालच लालच
पैसे का लालच
लालच लालच लालच
(सभी कुल्हाड़ी मारने की मुद्रा में आगे बढ़ते रहते हैं और उसके साथ साथ पेड़ काटने की आवाज़ आती हैं I)
(पेड़ कट जाने के बाद सब पत्थर की मूर्ति बन जाते हैं. फिर पंछियों के उड़ने की आवाज़ और भीड़ के पीछे से नानी निकल कर आती हैं
एक स्वर में
कोरस - वहां कावा था
या कोयल
वहां कावा था
या कोयल
नानी-वहां कावा था या कोयल पता नहीं पर वहां एक पेड़ जरूर था.........याद रखना पेड़ कहां था

कोरस-वहां एक पेड़ जरूर था
जो अब नहीं रहा।
नानी - (हास्य स्वर में)पर तुम तो खेलो में जाती हूँ

कोरस-पर कावा या कोयल

कोरस -अटकन चटकन दही चट कन

अटकन चटकन दही चट कन

लम्बे लम्बे बालों वाली

मौसी हो या मौसी की नानी

लम्बे लम्बे बालों वाली

मौसी हो या मौसी की नानी

कौन है ,कौन है ,कौन है

कौन है ,कौन है

कौन है

(उदास स्वर में)

दरवाजे के पीछे

भूत है ।

समाप्त

नूपुर मेहता

आप मध्यप्रदेश के जबलपुर शहर से हैं। जबलपुर के विवेचना रंगमंडल से इनके थिएटर की शुरूवात हुई। आपको रंगमंच के क्षेत्र में 10 वर्ष से अधिक हो चुका है। इन्होंने मध्यप्रदेश नाट्य विद्यालय, भोपाल से प्रशिक्षण प्राप्त किया है। टैगोर राष्ट्रीय नाट्य विद्यालय से भी ये प्रशिक्षित हैं। नाट्य जगत में कदम रखने से पूर्व ही ये कथक नृत्य में विशारद भी हासिल कर चुकी थी और इसके लिए ये राष्ट्रीय स्तर पर पुरस्कृत भी है। आप फिल्म जगत के नामचीन प्रोडक्शन हाउस "बालाजी टेलीफिल्म्स" के एक्टिंग इंस्टीट्यूट "ICE – इंस्टीट्यूट ऑफ क्रिएटिव एक्सीलेंस" की फ़्रेंचाइज की मालिक भी रह चुकी है। इन्हें नृत्य, नाट्य, बाल नाट्य, क्राफ्ट, पेंटिंग जैसे कई तरह की कार्यशालाएं करवाने

का भी अनुभव प्राप्त है और कई प्रशिक्षार्थियों को प्रशिक्षण प्रदान किया है। आपने ख़ुद नाट्य जगत में अभिनय के साथ निर्देशन और लेखन कार्य भी किया। आपने फिल्म “साले आशिक”, वेबसीरीज़ “तिवारी” में भी अभिनय किया और अन्य कई कार्यों में जुटटी हुई हैं।

द लोटस किंगडम

नूपुर मेहता

दृश्य 1

(पर्दा उठता है। मंच पर बीचों-बीच एक बड़ा-सा कमल का फूल दिखता है। मंच के पीछे से आवाज़ आती है, जो कि एक बच्चे आदि की है।)

आदि : "मॉ, मैं तालाब किनारे खेलने जा रहा हूँ!"

(आदि यह चिल्लाकर बोलता हुआ मंच पर आता है। मंच पर आते ही आदि खेलना शुरू कर देता है और कुछ ढूँढना शुरू कर देता है।)

आदि: "ये क्या? राहुल, गोलू, शशांक कोई भी नहीं आया अभी तक!"

(उदास होकर आदि इंतज़ार में टहलता है और टहलते-टहलते कमल के फूल के पास पहुँच जाता है। आदि उसे विस्मित-सा देखता, छूने की कोशिश करता है, छूते ही कमल चमकने लगता है।)

आदि: "वाह, कितना सुंदर है!" (कमल लहलहाने लगता है।) "अरे ये क्या?

कमलः "आओ-आओ, प्रवेश कर जाओ। ये सपना है या माया जाल, आओ देखो, चले आओ।"

(आदि पहले सोचता-सा रहता है, फिर प्रवेश कर जाता है।)

आदिः "ये जगह तो बहुत ही सुन्दर है!" (वह खुश होता है।)

<u>गीत</u>: कैसी है ये दुनिया बड़ी अनजानी
यहाँ हर मोड़ पर है नई कहानी।
क्या यहाँ परियों का बसेरा है?
रात में जुगनूओं का सवेरा है।
खेल-खिलौने इतने सारे,
गुब्बारे और फूल प्यारे।
है वो बादल सफ़ेद?
या रुई से झांकती किरणें अनेक?
कैसी है ये दुनिया बड़ी अनजानी ....

कमलः "स्वागत है! चले आओ, ये सपना है या माया जाल, आओ देखो और बताओ।"

आदिः "मुझे तो सपना ही लगता है।"

(पीछे से कमला रानी का प्रवेश होता है।)

कमला रानी: हमारी दुनिया में स्वागत है! कैसा लगा आपको हमारा लोटस किंगडम? हमारी कोशिश यही रहती है कि हमारे अतिथि को हमारा साम्राज्य पसंद आए।"

आदि: "तुम कौन हो?"

कमला रानी: "मैं कमला, इस साम्राज्य की रानी।"

आदि: "अच्छा, तो क्या ये सारा साम्राज्य तुम्हारा है?"

कमला: "सिर्फ मेरा नहीं, यहाँ रहने वाले सभी लोगों का है। यहाँ सब लोग मिलजुल कर रहते हैं और इस साम्राज्य को सुन्दर बनाने में यहाँ के सभी निवासियों का योगदान है। इसीलिए सभी यहाँ एक-दूसरे से प्यार करते हैं और खुशहाल रहते हैं।"

(मकोड़ा सुर का प्रवेश होता है, जलन और गुस्से से भरा हुआ।)

मकोड़ा: "तुमको लगता है तुम मुझसे बेहतर हो? तुम एक मूर्ख रानी हो ! एक सुन्दर साम्राज्य की मूर्ख रानी, तुम इसके काबिल नहीं हो। मैं इसे तुमसे लेकर रहूँगा।"

आदिः "ये झूठ है! रानी तो बहुत अच्छी है, और सभी के साथ प्यार से रहती है।"

मकोड़ाः "हा हा हा, वह तो समय आने पर देख लेंगे। मैं फिर आऊंगा।"

(कमला उदास और परेशान हो जाती है।)

आदिः "तुम परेशान नहीं हो, मैं तुम्हारे साथ हूँ, मैं तुम्हारा साथ दूंगा। हम दोनों मिलकर उसे सबक सिखाएँगे।"

दृश्य 2

(मकोड़ा कमला का साम्राज्य तहस-नहस करने में जुटा है। कहीं बगीचे उजाड़ रहा है, तो कहीं घर तोड़ रहा है, गुब्बारे फोड़ रहा है, झरनों में कचरा फेंक रहा है इत्यादि।)

आदिः "चलो साथियों, आज मिलकर इसे सबक सिखाते हैं।"

कमलाः "चलो।"

(सभी साम्राज्य वासी आदि और कमला के साथ ऐसे आगे बढ़ते हैं जैसे आक्रमण करेंगे, परन्तु वे सभी ज़ोर-शोर से

जहाँ-जहाँ तबाही थी वहाँ-वहाँ सफाई और सुधार कार्य में लग जाते हैं।)

मकोड़ाः "हा हा हा" (हँसता है), **"मूर्ख रानी की प्रजा भी मूर्ख।"**

रानीः "एक बुद्धिमान दुष्ट से मूर्ख भला आदमी होना बेहतर है।"

(मकोड़ा तबाही मचाता-मचाता थक जाता है, परन्तु कमला की प्रजा मिलजुल कर सारा साम्राज्य सुधारते नहीं थकती। मकोड़ा हार जाता है और थक हार कर बैठ जाता है।)

कमलाः "देखा..." एकजुटता में कितनी ताकत होती है। यदि तुम भी ऐसा साम्राज्य चाहते हो, तो उसे छल, कपट, द्वेष की भावना रख, छीनकर भी कभी नहीं पा सकोगे। दुनिया खूबसूरत तभी बनेगी जब सभी प्रेम भाव से एकजुटता के साथ रहेंगे। तेरा-मेरा कुछ नहीं होता, सृष्टि सभी की है, और मिलजुल कर, एक समॉनता से हम सब यदि रहना सीखेंगे तो सिर्फ तुम्हारा साम्राज्य ही नहीं, बल्कि सारी दुनिया ही ऐसी खूबसूरत बन सकती है

आदि: ये जगह बहुत सुंदर है रानी, परंतु तुम्हारी बात इससे भी ज्यादा सुंदर है। मैं ये सीख हमेशा याद रखूंगा।

मकोड़ा: और मैं भी, मुझे माफ कर दो, रानी। तुम मूर्ख नहीं, बल्कि अत्यधिक बुद्धिमान हो और सहज हो। तुमने अपनी अच्छाई से मेरी सारी बुराइयों को खत्म कर दिया।

(एक बार फिर से गीत गाते, गुनगुनाते नाटक समाप्त।)

अनंतिका मिश्रा

जन्म – 26 फ़रवरी 2001, आदमपुर ,उत्तर प्रदेश

पिता – श्री धीरेंद्र कुमार मिश्रा

माता – श्रीमती सुनीता मिश्रा

रंगयात्रा – वर्ष 2019 में भोपाल में "मॉ रिटायर होती है" (निर्देशक – अशोक बुलानी) नाटक से रंगमंचीय यात्रा की शुरुआत की । इसके पश्चात् त्रिकर्षि नाट्य संस्था से जुड़ीं और निरंतर सक्रिय रूप से मंच पर काम किया। वर्तमॉन में मध्यप्रदेश नाट्य विद्यालय, भोपाल की 12वीं बैच (2025 पास आउट) की छात्रा हैं।

नाट्य कार्य – "कस्तूरबा", "रत्नगर्भा", "अनावरण", "पटलों", "नेग", "छुकाएंगे नहीं" सहित अनेक नाटकों में जुड़ी रही है। अभिनय के साथ-साथ मंच

सज्जा, प्रकाश, वेशभूषा और अन्य बैकस्टेज कार्यों में भी सक्रिय योगदान दिया है।

मनु बनू

अनंतिका मिश्रा

गीत 1

ए नगरी वालो, ए आदमी,
जानबूझकर अनजान नगर की चली गई रौशनी
अगड़म - बगड़म - तिगड़म् जादू छु
झटपट - झटपट बत्ती लाकर दूँ
दिमाग की बत्तियाँ
सफाई की बत्तियाँ
अगड़म - बगडम - तिगडम् जादू छु
झटपट झटपट बत्ती लाकर दूँ
दिमाग की बत्तियाँ
अच्छे काम की बत्तियाँ

दृश्य 1

मनु -गुड मार्निंग मम्मी

मॉ-गुड मार्निंग बेटा,मैंने तेरा दिन का खाना पैक कर दिया है मोजे पहन लिए न, जूते भी पहन ले। देखना गाय दिखे तो बताओ, मैंने रोटी निकाली हैं

(मॉ रसोई में जाती है मनु छिपकर गाय की आवाज निकालती है। मॉ बाहर आती हैं)

मॉ - मनु ये गाय आवाज तो आ रही है पर गाय दिख क्यों नहीं

रही है।

(मनु मॉ के पीछे-पीछे गाय की आवाज निकालती है, मनु हँसने लगती हैं, उसकी मॉ पीछे देखकर उसका कान पकड़ती है)

मॉ -अच्छा तो तू है, मनु तू बहुत बदमाश है, चल अब स्कूल चल , देर हो गई है

गीत 2

चलो चलें , आगे बढ़े

रास्ते में , हवा चले

पेड़ खड़े हरे भरे

मम्मी देखो ,

रास्ते में गंदगी

प्लास्टिक पैकेट बड़े बड़े

(रास्ते में बबलू मोंटी दिखते है)

बबलू- ए मोंटी कचरा मत फेक !

मोंटी- कचरा क्या तुझे भी उठा कर फेक दूंगा । मुझे सीखाएगा

(मोंटी बबलू को मारने को होता है , पीछे से कुत्ते के भौंकने की आवाज ,मोंटी डर कर भाग जाता हैं)

मनु- क्यों बबलू बचा लिया न

बबलू - मनु तू, मुझे तो लगा था आज मैं गया

मॉ -बेटा बबलू तुमने बहुत बहादुरी की , किसी को भी ऐसे कचरा नहीं फेकना चाहिए ,उसकी कंप्लेंट करनी चाहिए।

बबलू -आंटी कंप्लेंट करने पर तो मोंटी मुझे और मारेगा।

मनु -तू भी डरपोक है बबलू,चल मै उसकी कंप्लेंट करूंगी

दृश्य 2

(स्कूल का दृश्य ,पार्क में सभी बच्चे खेल रहे हैं ,नाच गा रहे हैं)

घूम घुमईया गली गली में
अटके मटके झटके
नाचे गाए मौज उड़ाए
पेड़ पकड़ कर लटके
आसमान की खुली तिजोरी

सूरज मटके मटके
चांद सितारे चमके चम चम
अंधेरे में भटके
हरी हरी और नीली नीली
पीली लाल गुलाब
फूल खिले और हंसी खिली
हम हंसते हंसते अटके
घूम घुमईया गली गली में

अटके मटके झटके

बबलू -ए मनु ! वो देख बंदर !

मनु -उसके हाथ में क्या है !

बबलू -मनु कहीं ये प्लास्टिक तो नहीं खा रहा है ?

मनु- अरे बाप रे ! ये तो दिक्कत हो गई,

(मनु बंदर सी नकल करती है और नाचने लगती है ,बंदर का बच्चा उसे देखकर नाचने लगता है हाथ से पन्नी नीचे गिर जाती है , तभी एक बंदरिया मनु को उठा ले जाती है)

मनु -छोड़ो मुझे कहां ले जा रही हो ,छोड़ो

बबलू- मनु.......

दृश्य 3

(मनु की आंखे खुलती है, वो पेड़ के डाली पर जूझती है और नीचे नदी में गिर जाती है

मनु डूबने लगती है ,मछलियों के बच्चों का झुंड आता है,एक स्वीटी मछली प्लास्टिक के जाल मे फसी हुई दिखती है मनु उसे बचाती है ।)

गोल्डी -फ़िशी इधर आ ये देख इंसानों का बच्चा

फ़िशी- इससे दूर रहो ,याद नहीं पापा ने क्या कहा था

स्किनी -हां इंसान खतरनाक होते, उनसे दूर रहो

स्वीटी – नहीं ! इसने तो मुझे बचाया है । पर अब यह खुद डूब रही है

गोल्डी -ये तो मासूम लग रही है चलो स्वीटी हम इसे बचाते हैं ।

मनु - बचाओ! बचाओ! मेरी मदद करो !

फ़िशी- तू बहुत ज्यादा हिल रही है , इसको देखकर सीख , ए स्किनी इसको बता

स्किनी- हां , है बेब, चिल करो ,इतना हिलो मत ये हाथ पैर से धक्का मार के आगे बढ़ो

गीत 4

पानी से खेलो तुम
पानी को पिछड़ों तुम
पानी में डूबो नहीं
हाथ पैर मारो तुम
लेफ्ट पैर से धक्का
राइट हैंड से हटाओ
पानी को धक्के लगाओ
पानी में डूबो नहीं
हाथ पैर मारो तुम
(मनु सीख जाती है , तैरते हुए उनके पीछे जाती है)
मनु- हुर्रे
गोल्डी -तुम उन्ही इंसानो मे से हो न जिसने हमें परेशान किया हुआ है
मनु -मैने क्या किया है
फ़िशी -पापा तो यही कहते है ,पर तुमने तो हमारी बहन स्वीटी को बचाया है। चलो तुम्हे पापा से मिलवाते है
दृश्य 4
(एक राजसी कुर्सी , पन्नी में कच कचरा फैला हुआ है मच्छवत्स अपनी पत्नी के साथ है)
मच्छवत्स- रानी साहिबा, हमारी बहुत से मछलियों ने

अपनी जान गंवा दी है , और ये कूड़ा कबाड़ की समस्या घटने की जगह बढ़ती जा रही है

गोल्डी -पापा ये देखो हमारे साथ कौन आया हैं।

मच्छवत्स -ये इंसान का बच्चा। इसे यह क्यों लायी हो। ये सब बर्बाद कर देंगे।

स्किनी - इसने हमारी बहन स्वीटी को बचाया है।

फ़िशी - ये मनु है ,इसने तैरना भी अभी सीखा है

रानी -तुमने मेरी बिटिया को बचाया है हम तुम्हारे आभारी है।

मच्छवत्स - पर ये देखो तुम्हारी इंसानी करामात ने हमारी साफ पाक दुनिया की क्या हालत कर दी है

मनु- महाराज और महारानी साहिबा ! मैं आप के दर्द को समझती हूँ। मै खुद नदियों मे कचरा फेकने के खिलाफ हूँ। मै आपकी मदद कर सकती हूँ।

रानी - कैसे

मनु - मेरे कहने का मतलब है , मेरे पास एक प्लान है

दृश्य 5

(कस्बे के सभी लोग नदी के किनारे इकट्ठा होकर , मनु को ढूंढ रहे है पानी से मच्छवत्स एक फॉर्मेशन में बाहर आता है। उसके हाथ में भोपू है)

मच्छवत्स- सुनो ! सुनो! सुनो !

वैसे तो आप इंसानों ने हमें , न चाहते हुए भी बहुत कुछ दिया है , इस बार आप इंसानों की ही मनु हमारी दुनिया में आई और वह अब किसी प्लास्टिक के ढेर में धस गई है , समय पर उसे न निकाला गया तो अंजाम बुरा होगा।

(सभी इंसान नदी की गंदगी साफ करने लगते है , गंदगी साफ हो जाती है पर मनु नहीं मिलती)

भविष्यवाणी -

" आज इंसान को इस धरती की जरूरत है , यदि इंसान इस धरती की रक्षा करे तो ये धरती भी उसकी रक्षा करेगी "

सभी (डर जाते है बोलते है) -

हमें माफ करो ,भगवान हमें माफ करो

मनु (हंसती हुई)-

क्या जब भगवान आएंगे तब ही सुनोगे? भगवान को मानते हो और उसके बनाए संसार का ऐसा दुरुपयोग।

गीत

बच्चे मन के सच्चे

करे काम अच्छे अच्छे

पर जैसे ही ये बड़े हुए
हो जाते अकल के कच्चे

समाप्त

जूता अविष्कार

रवींद्रनाथ टैगोर की कविता पर आधारित

नाटक

सतीश दवे

(बहुत सारे बच्चे जूतों के पोस्टर/जूते/मॉडेल्स लेकर आते हैं ।)

कोरस -

जूते ये जूते, ये जूते ही जूते हैं ।
हम सबके पैरों को ये ही छूते हैं ।
तरह तरह रंगीले जूते
पीले लाल काले जूते
कोई है चमकीला नीला
कुछ होते है ढीले जूते।
जूते ये जूते, ये जूते ही जूते हैं ।
हम सबके पैरों को ये ही छूते हैं ।
कोई है लंवा सा जूता
कोई छुटकन सा जूता
ऊंची एड़ी इतनी ऊंची

ठिगनों का प्यारा जूता ।
जूते ये जूते, ये जूते ही जूते हैं ।
हम सबके पैरों को ये ही छूते हैं ।
शिकारियों के कैसे जूते
सिपाहियों के वैसे जूते
कुछ की है चोंच नुकीली
कुछ होते अजीब से जूते।
जूते ये जूते, ये जूते ही जूते हैं ।
हम सबके पैरों को ये ही छूते हैं ।

1 - एक बात मेरी समझ में नहीं आई ।

2 - वैसे भी तेरी समझ में कोई बात आती ही कहाँ है ?

3 - हाँ हाँ यह तो समझता ही नहीं है ।

1 - क्या तुम सब समझते हो ?

3 - हाँ ! मुझे हब्बुचंद मत समझना ।

2-1 - ये हब्बूचंद कौन है ?

3 - वही, जिसके कारण अविष्कार हुआ जूते का ।

4 - एं ! जूते का भी अविष्कार हुआ था ?

2 - झूठ बोलते हो तुम ।जूते का भी कोई अविष्कार करता है ।

1- हाँ ! बस दुकान पर जाओ और खरीद लाओ ।

3 - तो सबसे पहले दुकान पर कहाँ से आये होंगे ।

1- इसे मालूम होगा

2 - मुझे नहीं इसको

4 - मुझे तो कुछ नहीं मालूम ।।

1- क्यों ? तुम तो सब समझते हो ना ।

3 – मैं बताऊँ

4 – हाँ हाँ तुम ही बताओ ।

3 - बहुत पुरानी बात बताऊँ

गा गा कर तुम्हे सुनाऊं

पहले जूता कहीं नहीं था

सब - कहीं नहीं था ?

3 - पहले जूता कहीं नहीं था

सब - फिर कैसे आया ?

3 - चलो देखते हैं ।

- एक था राजा हब्बू चंद ।।

(सारे बच्चे मिलकर बोलते हैं हब्बू चंद जी हब्बू चंद ।)

3 - ऊंचा था उसका खानदान

समझदारी का नहीं निशान

अजब गजब बातें करता

नादानों सा हठ वो करता

(हब्बु चंद की सवारी पीछे से आती है। चार बच्चे उसे लाठी पर टांग कर लाते हैं।)

4 - मंत्री उसका गब्बु चंद ।

(सारे बच्चे मिलकर बोलते हैं गब्बू चंद जी गब्बू चंद । चार बच्चे उसे टांग और हाथ से टांगाटोली करते हुए ला रहे हैं ।)

गब्बुचंद था बडा़ सयाना
काम था उसका रिझाना

बच्चे - रिझाना ! किसे रिझाना ?

5 - अपने राजा को रिझाना
जानी समझदारी की
थी बस एक ही बात
वो दिन कहे तो दिन
वो रात कहे तो रात

1 - ऐसा कैसे हो सकता है ।

2 - ऐसा ही होता है भैया

हब्बुचंद - क्या हम महल पहुँच गये

सभी - पहुँच गये जी पहुँच गये ।

हब्बु - तो रखा है क्यूं
हमें टांग कर

उतारो नीचे हमें

सम्हाल कर

सभी - कहाँ उतारे महाराज ?

हब्बु - यदि महल आ गया है हमारा

तो बस कर दो यहीं उतारा हमारा ।

रानी - महाराज आँखें तो खोलिये

हब्बु - नहीं ।।।। जब तक हमारा सिहाँसन नहीं आ जाता हम आँखें नहीं खोलेंगे ।

रानी - सिहाँसन आ गया है ।

हब्बु - आ गया है तो बस उसी पर धर दो हमें ।

(सब उसे सिहाँसन पर उतार देते हैं ।)

हब्बु - अरेरेरे पहले ये कपडा़ तो हटाओ ।

रानी- राजा का कपडा़ हटाओ और

सारी धूल बाहर ले जाओ।

हब्बु - बस तुम ही तो समझती हो

हमारी परेशानी

इसीलिये तो बनी हो यहाँ की महारानी ।।

रानी - काहे की महारानी ?

सफाई वाली नौकरानी ।

हरदम बस यहाँ की धूल हटाओ

वहाँ की धूल हटाओ ।
महाराज ! ये धूल हमारे जीवन का हिस्सा है।
हब्बु - हिस्सा हो या जीवन का किस्सा हो ।
नहीं चाहिए हमें ये धूल
जरा सी भी यहाँ वहाँ,
चढ़ जाती है कहाँ कहाँ
खून खौलता है मेरा ,
गंदा करती सारा जहाँ ।
रानी - यहाँ की सारी धूल साफ कर तो दी है ।पर अभी कुछ देर में फिर हो जाएगी ।
हब्बु - लब्बु
गब्बु - महाराज मेरा नाम गब्बुचंद है ।
हब्बु - नाम में क्या रखा है दब्बु । यदि तुम्हारा नाम झब्बु होता तब भी तुम हमारे मंत्री ही होते ना।
रानी - सच कहा महाराज ने ।इनका नाम हब्बु की जगह ढब्बु होता तब भी ये महाराज ही होते , हैं ना महाराज ।
हब्बु - बिल्कुल सही ।। एं ! नही ही ही हमारा नाम तो हब्बु ही रहेगा ढब्बु झब्बु नहीं । हम महाराज है ना ।। है ना पब्बु।।

गब्बु - महाराज मेरा नाम --

हब्बु -- समझ गये समझ गये हम ।

अब नाम नहीं काम की बात सुनो ।

गब्बु - बोलिये महाराज ।

हब्बू - ये मिट्टी यहाँ से हटाओ ।।।

रानी - मैं भी थक गई हूँ महाराज के कारण

हब्बु - मेरे कारण ?

रानी - मेरा मतलब है आपके लिये सफाई के कारण ।।

हब्बु - तो ठीक है ।। तो –ढ---

गब्बु - गब्बुचंद

हब्बु - हाँ -

गब्बु - गब्बुचंद

हब्बु -- हाँ हाँ वही ।।। तुम कुछ भी करो लेकिन यहाँ से रानी को हटाओ

रानी – क्या कहा ?

हब्बु - नहीं ही ही मिट्टी हटाओ ।।

गब्बु - मिट्टी या धूल ।

हब्बु - नाम में क्या रखा है ---क --

गब्बु - गब्बुचंद

हब्बु - हाँ हाँ वही ।। जो भी हो हटाओ यहाँ से ।

गब्बु - एक कोशिश कर सकता हूँ । परंतु

हब्बु - ना परंतु , वरंतु , लेकिन , किंतु कुछ नहीं । बस करो।

गब्बु - झाड़ू लगवादें । उससे यहाँ की धूल याने मिट्टी हट जायेगी । परंतु

हब्बु - फिर परंतु ।। हम आज्ञा देते हैं सारे राज में खाड्डु

रानी - महाराज झाड़ू ।

हब्बु - क्या हमारा नाम झाड़ू है ।

रानी - नहीं महाराज मेरा मतलब है खाड्डु नहीं झाड़ू लगवाई जाए ।

हब्बु - हाँ वही लगवाई जाए ।। देखा रानी ! हम कितने बुद्धिमान हैं ।सारी समस्याओं का हल यूँ निकाल लेते हैं ।लगवाओ -

रानी - झाड़ू ।

(सारे बच्चे आकर झाड़ू लगाते हैं)

लगाओ लगाओ जी झाड़ू लगाओ

हटाओ हटाओ जी धूल हटाओ ।

सारा जग हो झक काँच सा

सुनहरा हो सही साँच सा
इधर लगाओ उधर लगाओ
सारी दुनिया तुम चमकाओ
लगाओ लगाओ जी झाड़ू लगाओ
हटाओ हटाओ जी धूल हटाओ ।।
बडी़ निकम्मी धूल है सारी
ढक जाती है दुनिया सारी
परेशान बहुत रानी हमारी
अब ये ही है तकदीर हमारी
यहाँ से हटाओ वहाँ से भी हटाओ
लगाओ लगाओ जी झाड़ू लगाओ ।
(धूल से सभी को खाँसी आने लगती है)
खों खों खांस रहे क्यूं
जिम्मेदारी से भाग रहे क्यूँ
धूल हटाना है काम हमारा
फिर धूल से डरना है क्यूँ
उठाओ उठाओ इसे उठाओ
लगाओ लगाओ जी झाड़ू लगाओ।
(रानी आती है और बहुत सारे लोग भी,आते हैं।)
रानी - खों खों महाराज सारे महल में धूल भर गई

नगरजन - खों खों हमारे सारे घरों मे धूल भर गई
नदियों तालाबों मे धूल भर गई खो खों
जलचर सारे मर गये खों खों
हर कोई बस खांस रहा है खों खों खों खों

हब्बु - मतलब्बु खों खों ये क्या हो रहा है ।खों खों ये धूल मेरे मुह में भी भर गई है खों खों ।बंद करो बंद करो झाड़ू लगाना बंद करो खों खों ।

गब्बु - महाराज मैने तो पहले ही कहा था कि झाड़ू ठीक है परंतु उसके आगे बोलने ही नही दिया ।

रानी - तो ये झाड़ू का विचार तुम्हारा नहीं था ।तब तो बड़े जो़रों से चिल्ला रहे थे ।हम कितने बुद्धिमान हैं अब क्या हो गया ।

हब्बु - बुद्धिमान तो हम अब भी हैं ।हमने तुरत झाड़ू रुकवा दी ।

रानी - तो अब माटी का उपाय बताओ ।

हब्बु - अच्छा इसका उपाय --- बहुत सरल है

रानी - तो बता दीजियेना ।

हब्बु – ऐसी छोटी छोटी समस्याओं का हल खोजने के लिये ही तो हमने आदमी रखे हैं ना।ए – लब्बु ----

गब्बु - गब्बुचंद

हब्बु - हाँ वही ।तुम सारे बुद्धिमान लोगों को बुलवाओ और उनसे कहो इस छोटी सी समस्या का तुरत हल खोज कर हमें बताएं ।वरना हम तो खोज ही लेंगे ।

गब्बु - परंतु

हब्बु - तुम किंतु परंतु बहुत करते हो । हमें कुछ नही सुनना बस सबको बुलवाओ ।

सारे लोग आते हैं पैदल मार्च करते हुए बायें से दायें जाते हैं फिर दायें से बायें जाते हैं ।ऐसे लगातार चलते रहते हैं ।

एक दो एक दो एक दो एक दो
माटी पर पानी फेंक दो
माटी बहुत शैतान है
जलाती हमारी जान है
राजा को हेरान ये करती
हम भी इससे परेशान हैं ।
पानी इस पर फेंक दो
एक दो एक दो
नदियाँ सारी उलीच दो
ताल सारे खाली कर दो
पोखरों को प्याली कर दो

सागर को सवाली कर दो
एक दो एक दो एक दो एक दो
माटी पर पानी फेंक दो ।
गब्बु - अरे बापरे कितना कीचड़ हो गया है मै तो फिसल ललललल ही गया
रानी - उई अम्मा मै भी फिसल गई ।
हब्बु - आहा हा मिट्टी खतम होगई । ऐं ऐसे कैसे फिसल जाते हो तुम लोग। जमीन पर ढंग से जमा कर पाँव रखोगे तो फिर कभी नहीं -----फिसल गया ! अरी अम्मा री फिसल गया ।
नगरजन - सारी दूर कीचड़ कीचड़ ही हो गया है
नदियों में भरा है कीचड़
ताल तलैया में है कीचड़
घर में कीचड़ बाहर कीचड़
ऊपर कीचड़ नीचे कीचड़
जलचर भी सब मर गये हैं ।
गधे तो कीचड़ से भर गये हैं ।
हब्बु - गड़बड़ब्बु ये क्या कर डाला
जमीन को कीचड़ कर डाला।
गब्बु - महाराज मैने तो कहा था परंतु ।

हब्बु - तुम्हारे किंतु परंतु से परेशान हो गया हूँ मैं ।
न तो समस्या हल होती है ।
अब मुझे ही कुछ करना होगा ।
ऐसा करो इस सारी धरती को ढांक दो चटाई से
यदि बचना हो तो तुमको हमारी पिटाई से ।
रानी - हाँ महाराज सबसे समझदार इंसान हैं ।
कर सकते वे ही इसका समाधान हैं।
बताइये महाराज क्या करना है ।
हब्बु - देखो बस यही करना है कि
----- करना है कि
रानी - हाँ हाँ बताइये महाराज
सभी - हाँ हाँ बताइये महाराज
हब्बु - बस इतना सा करना है कि चब्बु बताते क्यों नहीं कि क्या करना है ?
सभी - चब्बु बताते क्यों नहीं कि क्या करना है ।
रानी - ये चब्बु कौन है ।
हब्बु ये है ना त---
गब्बु - गब्बुचंद
हब्बु - हाँ हाँ वही ।। तो बताओ क्या करना है ।
गब्बु - इस पर कुछ बिछादें तो ---

हब्बु - कुछ बिछा दें यही तो मैं भी कहने वाला था ।

बिछादो

रानी - पर क्या बिछा दें ?

हब्बु - वह जो हमारे महल में बिछी है उसे क्या कहते हैं ।

रानी - कालीन

हब्बु - हाँ हाँ वही

गब्बु - महाराज कालीन तो बहुत महंगे होते हैं ।

हब्बु - महंगे क्यों होते हैं उन्हे सस्ता कर दो ।

गब्बु - क्योंकि वे सिर्फ आपके महल में लगते हैं ।आप कहें तो वे सारे कालीन यहाँ ।

रानी - नहीं ----- ये नहीं हो सकता ।।।। मेरे कालीन हैं मेरे पिता ने दिये थे ।तुम उन्हे जमीन पर बिछवाओगे ?

गब्बु - बिल्कुल नहीं । तो फिर

गब्बु - चटाई

हब्बु - देखा हमारा दिमाग !! चटाई बिछादो

गब्बु - प --

हब्बु - आगे एक भी शब्द मत बोलना

तुम्हारे शब्दों से अपशकुन हो जाता है,।

मेरा किया कराया सब मिट्टी में मिल जाता है । मिट्टी --- ओह हटाओ नहीं नहीं बिछाओ चटाई बिछाओ ।मुझे मिट्टी दिखनी नहीं चाहिए ।

रानी - पर महाराज चटाई में तो ढेरों छेद होते हैं उसमें से मिट्टी बाहर आ जाती है ।

हब्बु - ये चटाई इतनी निकम्मी क्यों होती है ।चटाई से मोटा क्या होता है ?

रानी – बिछौना ।पर वो मै नहीं बिछाने दूंगी ।। हमारा बिछौना हमारा है ।

हब्बु - पर कुछ तो बिछाना ही पड़ेगा । लकडी़ के पट्टे बिछादो ।

गब्बु - वे पानी में गल जायेंगे ।और लकडी़ में फांस भी होती है यदि आपके पाँव में कोई फाँस चुभ जायेगी तो हमारा क्या होगा ।

हब्बु - क्या तुमको दुख होगा ।

गब्बु - हाँ महाराज

हब्बु - और तुम्हे रानी।

रानी - मुझे तो ज्यादा ही दुख होगा क्योकि घाव को ठीक भी तो मुझे ही करना होगा ना ।

हब्बु -(जनता से) और आप लोगों को ।

जनता - हम तो मर ही जाएंगे । बिना मनोरंजन के हम जी ही नहीं पायेंगे ।
हब्बु -- ओ हो हो हो । जनता का , रानी का , मंत्री के इतने प्यार ने मुझे भावुक कर दिया है । देखो देखो मेरी आँख में आँसु आगये हैं ।
रानी - अरे मगर को आँसु आगये ।
गब्बु - तो फिर क्या करें महाराज ।
हब्बु - देख नहीं रहे हो हम कितने भावुक हो रहे हैं । ऐसे में तुम ये घटिया प्रश्न पूछ रहे हो। गुस्सा तो ईतना आ रहा है कि हम चमड़ी उधेड़वाँ दें । चमड़ी --- देखा हमने समाधान निकाल लिया ना । चमड़ा चमड़ा बिछादो वह गलेगा भी नही और उसमें से धूल भी नहीं आयेगी ।
रानी - बिछादो सारे राज्य में चमड़ा । यही कहना है न महाराज ।।
हब्बु - वाह रानी ।।। बिछाओ चमड़ा ।
गब्बु - परंतु इतना चमड़ा कहाँ से मिलेगा।
हब्बु - अब हम तुम्हारे परंतु किंतु के चक्कर में नहीं फसेंगे । सारे जानवरों की खाल खींच लो । मरना तो

निश्चित ही है कल मरो या आज सब बराबर है ।

जाओ।।

(हब्बु ,रानी , गब्बु जाते हैं । धीरे धीरे जनता इकट्ठी हो जाती है ।)

1 - यह नृशंसता है ।मरे हुए पशुओं का चमड़ा तो फिर भी ठीक है पर जीवित पशुओं का चमड़ा ।

2 - पशु नहीं होंगे तो खेती केसे होगी ।

3 - बच्चों को दूध कहाँ से मिलेगा ।

4 - जंगल सुनसान हो जायेंगे ।

5 - हम ये नहीं होने देंगे ।

6 - हम बेबस हैं हम कुछ नहीं कर सकते हैं।

1 - हमें अपनी समस्या बुधिया दद्दा को बताना चाहिए वे इसका हल निकाल लेंगे ।

2 - हाँ झाड़ू और पानी से उन्होने अपनी बुद्धिमानी से बचवा लिया था ।

3 - आओ हम सभी चलते हैं ।

सभी - बुधिया दद्दा प्रणाम ।

बुधिया - क्या हुआ फिर नई समस्या ।

1 - अरे अब उन्होने चमड़ा बिछाने का कह दिया है ।

2 - और इतना चमड़ा हमारे पास नहीं है ।

3 - तो राजा का आदेश है कि जीवित पशुओं का भी चमड़ा उतार लिया जाए ।

4 - जीवित पशुओं को मारेंगे ।उनकी चीखों से सारा आकाश भर जाएगा ।

5 - माँस की बदबू से साँस लेना दूभर हो जाएगा ।

6 - खून की नदियाँ बह जायेंगी ।

सभी -- हमसे सहन नही हो रहा है ।

बुधिया -- बस इतनी सी बात ।

सभी   -- इतनी सी बात ? हमारी जान निकल रही है और आप कह रहे हैं इतनी सी बात ।

1- थोडी़ शांति तो बनाओ ।

2 - मुझे लगता दद्दा ने इस समस्या का हल पा गये हैं ।

3 - हाँ वे तभी ऐसी बात कहते हैं ।

4 - बताइये न दद्दा अब हमें क्या करना होगा ।

बुधिया - अब तुम्हे नहीं मुझे ही कुछ करना होगा ।कल हम महाराज के पास चलेंगे ।

सभी - कल क्यों ? आज ही चलते हैं ।

बुधिया - तो चलो आज ही चलते हैं ।मै अपना थेला तो ले लूं ।

1 - दद्दा के थेले में जरुर जादू होगा ।

2 - एक डंडा घुमाएंगे लीली पों

3 - और सब ठीक हो जाएगा ।।

4 - लो दद्दा आगये ।

5 - दद्दा ये थेला जादू का है ना ।

6 - आप डंडा घुमाओगे -- (सब बोलते हैं लीली पों)

और सब ठीक हो जायेगा ना ।

बुधिया - ऐसा तो कुछ नहीं है ।

सभी - तो फिर क्या है थेले में ।

बुधिया - वहीं चलकर देख लेना ।

चले चले हैं दद्दाजी

हमरे प्यारे दद्दाजी

जादू का डंडा थेले मे

चलेंगे हम सब मेले में

जादू का डंडा घुमाएंगे

सब ठीक कर जाएंगे

तो ये हमारे दद्दाजी

चले चले हैं दद्दाजी

हाथों में इनके है कमाल ।

जान लेते सबका है हाल ।

बदल देते हैं सबकी चाल ।
कर देंगे सबको खुशहाल ।
ऐसे प्यारे दद्दाजी
चले चले दद्दाजी ।।।

हब्बु -- हमारे होते हुए ये किसी दूसरे सवारी कैसे आ रही है ।

रानी -- और भीड़ तो देखो बाप रे बाप । इतनी भीड़ तो राजा की सवारी में नहीं होती ।

गब्बु - कुछ नहीं महाराज । वो आपने चमड़ा बिछवाने कहा है न ।उसी के लिये लोग आ रहे हैं ।

बुधिया - महाराज की जय हो ।।

सभी (राजा भी) जय हो जय हो ।

हब्बु - तुम इन सबके कांधे पर चढ़ क्यूं आ रहे हो ।

रानी - क्या तुम भी मिट्टी से डरते हो ।

बुधिया -- ना सरकार ।हम तो मिट्टी में खेलते हैं सोते हैं जागते हैं ।

हब्बु   -- अच्छा छोडो़ ये सब बात ।।आए क्यों हो बताओ बात ।।

बुधिया -- आपने आज्ञा दी थी कि सारी धरती पर चमड़ा बिछा दो ।

हब्बु - तो तुम बिछाने आए हो ।

बुधिया -- ना ! बिल्कुल नही । हम तो आपकी समस्या का समाधान निकालने आए हैं ।

रानी - चमड़ा नहीं बिछाओगे तो समाधान निकलेगा ही नहीं ।

गब्बु - हो सकता है कोई दूसरी तरकीब हो । बताइये ।।।

बुधिया -- आपको किससे दिक्कत है ।

हब्बु - रानी - धूल से । जमीन पर पाँव रखो और चिपट जाती है । हमारे पैर गंदे हो जाते है।

बुधिया -- याने दिक्कत धूल की नहीं पाँव की है ।

सभी - एं ! सही है सही है ।।

बुधिया -- तो अब इसका हल निकाले महाराज।।

रानी-- तो क्या तुम राजा का पैर काटोगे ।

हब्बु - ऐसा क्यों बोलती हो ।बिना पाँव के हम कैसे रह पायेंगे ।

गब्बु -- आप कोई दूसरा उपाय सोच रहे हैं ।

बुथिया - जी हाँ । महाराज आपका पाँव बाहर निकालिये ।

हब्बु - नहीं ! तुम हमारा पाँव काट डालोगे ।

बुधिया - नहीं काटेंगे । हम ऐसी गलती कैसे कर सकते हैं ।

रानी - खाओ मा की सौगंध ।

बुधिया -- मा की सौगंध ।

रानी -- तो ठीक है चलो जी पाँव बाहर निकालो ।

हब्बु - मानीजी आप समझ नहीं रही हैं ।

बुधिया -- पाँव यहाँ इस पटिये पर रखिये ।

हब्बु -- बानी जी

रानी -- रखो

(हब्बु पाँव पटिये पर रखता है ।सारे लोग उन तीनों को घेरकर उनके आसपास इकट्ठे हो जाते हैं ।)

लोग -- देखो देखो देखो
यहाँ पे क्या हो रहा
दद्दा का ये जादू हो रहा
नापानापी । नापानापी ।
अरे भाई क्या है ये सब
कुछ न कुछ तो होगा अब
काटाकाटी ।काटाकाटी।
अब ये क्या काट रहे हैं
हमको ये क्यो बाट रहे हैं ।

जोडा़ जोडी़ ।जोडा़जोडी़ ।

देखो जोड़ दिया है सब

दद्दा का जादू है ये सब।।

सब सामने से हटते हैं हब्बु के पाँव में रगबिरंगा जूता है ।

गब्बु - अरे वाह कमाल कर दिया ,दद्दा आपने ।

रानी - हाय कितना सुंदर है ।

हब्बु - पर अब हमें क्या करना है ।

गब्बु -- इस धूल में चलना है ।।

हब्बु -- धूल में ? ना बाबा ।

रानी -- चलो तो सही ।

हब्बु धीरे धीरे पाँव रखता है।

सभी - पहला कदम , दूसरा कदम

चलो भई चलो

कदम कदम बस चले चलो

हब्बु उसी लय में नाचता है ।

बुधिया -- अब पाँव बाहर निकालिये ।

हब्बु - नहीं।

रानी - हब्बुजी

हब्बु पाँव बाहर निकालता है ।

सभी -- इसमें तो जरासी भी धूल नहीं लगी ।

हब्बु - अरे हाँ हाँ ।देखो दानी हमारा पैर बिल्कुल साफ है ।देखो गब्बु

रानी -- इस चीज का नाम क्या है ।और क्या हम भी इसे पहन सकते हैं ।

बुधिया - इसका नाम है जूता

हब्बु - बबूता बहुत अच्छा नाम है । है ना ढब्बु ।

गब्बु - ढब्बु नहीं गब्बु और बबूता नहीं जूता ।

(सभी बुधिया को कंधे पर उठा लेते हैं।और गाते हैं)

जूते ये जूते, ये जूते ही जूते हैं ।
हम सबके पैरों को ये ही छूते हैं ।
तरह तरह रंगीले जूते
काले पीले लाल ये,जूते
कोई है चमकीला नीला
कुछ होते है ढीले जूते।
जूते ये जूते, ये जूते ही जूते हैं ।
हम सबके पैरों को ये ही छूते हैं ।
कोई है लंवा सा जूता
कोई छुटकन सा जूता

ऊंची एड़ी इतनी ऊंची
ठिगनों का प्यारा जूता ।
जूते ये जूते, ये जूते ही जूते हैं ।
हम सबके पैरों को ये ही छूते हैं ।
शिकारियों के कैसे जुते
सिपाहियों के वैसे जूते
कुछ की है चोंच नुकीली
कुछ होते अजीब से जूते।
जूते ये जूते, ये जूते ही जूते हैं ।
हम सबके पैरों को ये ही छूते हैं ।

समाप्त

सतीश दवे

जन्म बड़नगर (जिला उज्जैन मध्यप्रदेश)14 मार्च 1950

1- शिक्षा - विज्ञान में स्नातक की शिक्षा के बाद हिंदी ,संस्कृत, प्राचीन भारतीय इतिहास , संस्कृति व पुरातत्व, कंप्यूटर एप्लीकेशन , संग्रहालय विज्ञान में स्नातकोत्तर शिक्षा ।इसके अलावा डिप्लोमा इन ड्रामाटर्जी तथा नृत्य व चित्रकला में सार्टिफिकेट कोर्स । संप्रति हिंदी में पीएच . डी हेतु शिक्षारत ।

सम्मान

राष्ट्रीय बाल रंग सम्मान नटराज प्रतिष्ठान दिल्ली । सुरेश चंद्र शुक्ल राष्ट्रीय नाट्य सम्मान - राष्ट्रभाषा प्रचार समिति भोपाल। स्वदेश दीपक स्मृति राष्ट्रीय रासरंग सम्मान – रासरंग संस्था । मध्यप्रदेश शासन द्वारा शिखर सम्मान (रंगमंच)

मध्यप्रदेश साहित्य अकादमी संत पीपा सम्मान । श्रेष्ठ कला आचार्य सम्मान - मधुवन संस्था भोपाल , बंशीकौल स्मृति सम्मान रंगविदूषक संस्था भोपाल, वराहमिहिर सम्मान - मिहिर विचार क्रांति मंच उज्जैन ,श्रेष्ठ कला गुरु सम्मान - संस्कार भारती उज्जैन , भैराजी सम्मान - भैराजी न्यास उज्जैन , प्रतिकल्पा शिखर सम्मान प्रतिकल्पा संस्था उज्जैन , सुरभि सम्मान – सुरभि लॉयन्स क्लब उज्जैन , पत्रिका वरिष्ठ जन सम्मान -पत्रिका अखबार , नईदुनिया आइकॉन ऑफ उज्जैन सम्मान- नईदुनिया अखबार। इसके अलावा अनेक स्थानीय सम्मान ।

प्रकाशन - रंगमंच सरोकार (व्यावहारिक रंगमंच पर पुस्तक) मालविका अग्निमित्रम् (हिंदी बाल संस्करण ,बात का बतंगड़ , कतरा कतरा जिंदगी , एक भूला सा सैनानी , अवंती शौर्य , नगाड़ा सम्राट , शिवोऽहम (सह लेखक),अवन्ती शौर्य,) पर्यावरण की कहानी मेरा पौध घर का संपादन) मध्यप्रदेश पर्यावरण पत्रिका सहसंपादन , । इसके अलावा मोहन तितली (फेदरिको गार्सिया लोरका - "द बटरफ्लाईस एविल स्पेल)- गप्पू गोप गपक्कम दास

(हेनरिक इब्सन -पियर जिंट) नयन नचैया , खेल गुरु का , जागो जागो व कुछ नाटक अन्य संकलनों में प्रकाशित ।

पिछले 40 वर्षों से बच्चों के साथ रंगमंच के माध्यम से पर्यावरण , विज्ञान , प्रदूषण पर जन चेतना । दूरदराज के ग्रामीण बच्चों के साथ स्वच्छ पानी , ग्रामीण स्वास्थ्य और पानी जैसी समस्याओं के प्रति जनचेतना के लिये कार्य।कोरोना काल में बच्चों के लिये अंतरराष्ट्रीय जागरूकता अभियान ।सिलिकोसिस व फ्लोरेसिस जैसी बीमारी के लिये पर्यावरण पदयात्राएं ।पर्यावरण चेतना के लिये बच्चों के साथ पदयात्राएंCIET (NCERT)के लिये दो नाटकों की वीडियोग्राफी निर्देशन जो दूरदर्शन पर लगभग दस साल तक प्रसारित होती रही ।बच्चों के ग्रामीण और पारंपरिक खिलौनों के लिये जागरूकता अभियान। वर्तमान में ग्रामीण बच्चों के लिये निशुल्क कंप्यूटर शिक्षण ।

दिव्यांगों के साथ कार्य - दृष्टि बाधित बच्चों के साथ फोटोग्राफिक वर्कशाप ,अस्थिबाधित दिव्यांगों के साथ नाटक की वर्कशाप ।

बडो़ के लिये 60 नाटकों का निर्देशन और 40 का लेखन जिन में प्रमुख है कतरा कतरा जिंदगी , तक धिना धिन ,

मछली प्यास,अलगनी पर टंगी हवा , दही चटोकन , ऐसा भी होता है , मिले रेपा , सुर बांसुरी के , मुखौटे , अमृत मंथन , राजा भोज , छत्रसाल , काल साधक वराह मिहिर , राजा बख्तावर सिहँ , शिवोहम , एक भूल सा सैनानी , मानस मणि तुलसीदास , कृष्णायन, अवंती शौर्य , जयती पार्श्वनाथजी , महावीर चरित्र , माता पद्मावती की महिमा , युग दृष्टा महाप्रज्ञ। निर्देशन- अभिज्ञान शाकुंतलम , मेघदूतम , विक्रमोवर्शियम् , मालविका अग्निमित्रम् , कर्णभारम , मध्यम व्यायोग, नाट्यवतरणम् , कालिदास चरित्रम , कालिदास दीपशिखा , सरमा पणि , विश्वामित्र ,त्रण वांदरा , एक हतो राजा अंधा युग , अभंग गाथा , एवं इंद्रजीत, बड़ी बुआजी , स्पीड ब्रेकर , अप्रतिबिंबित , अहिल्या ,विश्वामित्र ।

बच्चों के लिए लगभग 50 नाटक जिनमें खास है- छाता कैसे बना , रक्त को जानो , कचरु काका , पंपापुर में पानी की पोल , मुनिया की दुनिया, एक थी नदी , धुलिया की खोली , रोटी और कमल , क्रांति धारा , अवंती रानी, पेड़ शहादत का आदि। नुक्कड़ नाटक - लगभग 15 , जिन में खास है - एक था राहुल , जागो जागो जागो , स्वागत

सिंहस्थ, छोरी हुईगी, ढोंगी बाबा भ्रष्टाचारी रेलगाड़ी , खेल पालमपुर, समझते क्यों नहीं ।
राष्ट्रीय अंतरराष्ट्रीय इवेंट्स के लिए स्क्रिप्ट लेखन जिनमें खास है अपना उत्सव 1987 दिल्ली । अंतर्राष्ट्रीय साक्षरता दिवस 2005 व ब्रिक्स समारोह के लिए गीत । कुरुक्षेत्र उत्सव । हरियाणा स्वर्ण जयंती समारोह । ब्रह्मपुत्र नमामि तथा फेस्टिवल ऑफ भूटान के समापन कार्यक्रम में नाटक मिलेरिपा । अंतर्राष्ट्रीय समारोहों में भागीदारी - फेस्टिवल ऑफ इंडिया इन थाईलैंड , फेस्टिवल ऑफ़ इंडिया इन भूटान , अंतरराष्ट्रीय नाट्य समारोह कोलंबिया और बांग्लादेश । 25 से अधिक डाक्यूमेंट्री का निर्माण